冗繁削盡留清瘦

畫到生時是熟時

姚崢華展寫書人之似

柏樁畫此餉此相寄以為念

己亥 余秋雨

# 書人有七

思想的活力

姚峥华 著

三联书店

**图书在版编目（CIP）数据**

书人有七：思想的活力 / 姚峥华著． —北京：生活·读书·新知三联书店，2024.2
ISBN 978-7-108-07734-9

Ⅰ．① 书… Ⅱ．① 姚… Ⅲ．① 中国文学 – 文学评论 – 文集 Ⅳ．① I206-53

中国国家版本馆 CIP 数据核字 (2023) 第 198260 号

封面题签 扬之水
责任编辑 柯琳芳
装帧设计 刘 洋
责任校对 陈 明
责任印制 李思佳
出版发行 **生活·讀書·新知** 三联书店
　　　　　（北京市东城区美术馆东街 22 号 100010）
网　　址 www.sdxjpc.com
经　　销 新华书店
印　　刷 河北鹏润印刷有限公司
版　　次 2024 年 2 月北京第 1 版
　　　　　2024 年 2 月北京第 1 次印刷
开　　本 880 毫米 × 1092 毫米 1/32 印张 8.75
字　　数 175 千字
印　　数 0,001 – 4,000 册
定　　价 59.00 元
（印装查询：01064002715；邮购查询：01084010542）

# 目录

# 序 一

## 关于"书人有七"

"书人"系列，已成作者品牌。继之六，为之七，于是"书人有七"。或问有何出典？

答曰何须出典。响亮，上口，简洁，明白，不生歧义，绝无重名，书名可以成立。

建安有七子，竹林有七贤，算是古已有之。

扬之水

2023年9月8日

# 序 二

# 文笔成史笔

## 一

一二三四五六七，呆子文笔成史笔。

## 二

从《书人·书事》开始，书，一本本，人，一个个，聚作纸上雅集。书声人语，济济一堂。本来熟悉的，自然亲切。不熟悉的，似也熟了些。

呆子做召集人，诚恳，淳朴，勤勉，周到。一呼群应，成书界一景。

号召力如此，缘自良好素养，和身份也有点关系。她是阅读周刊主编，天时地利人和。难得的是，她在福知福，且惜福，惜而享，且乐于分享。

"书人"系列是志趣所成，也不妨看作履职实录。同类周刊主编，但凡有几成能像呆子这般敬业、这等劳作，谅吾国吾民年均阅读量也不致过呆。

三

呆子面嫩。第一次见，以为她还在上学。后来每次见，还是学生模样。直到她开始出书，才有了成人感。如今"书人有七"，眼见呆子长大。

一个人的成长史，就是其阅读史。若征集案例，呆子可入首选之列。

最好的"学区房"，就是自家书房。呆子又是一证。大侠（胡洪侠）的夜书房，不说堂皇，不说浩瀚，只说读出来一个呆子，就是顶级"学区房"。

"书人"系列又成一个微型在建"学区"。追着看这个书系的，大抵个个向学。近朱者赤，呆子笔下的书人，幻化出更多书和人。

四

从一到七，有数量积累，也有章法演进。

较早出场者，是常见面相、形态。沈昌文的憨态，夏晓虹的秀气，吕敬人的眯眯笑，二傻哥的歪脑袋，阮义忠脸上的光，俞晓群熊抱的力……呆子像忠实的场记，一一录下。读来如见其人，如闻其声。

细读《书人有七》书稿，只觉面相隐，形骸退，心相出，骨相显。巴金的浮沉、挣扎，林贤治的执拗、率真，胡适的清通、温和……仍是实录，偶作旁白，恰到好处。

读者有福，见其人而知其心，闻其声而得其神。

# 五

呆子敏于行。一个驿站又一个驿站，沿途风光渐次展开，现出纵深。

随性的舒心之旅。喜欢读书，敬慕书人，天性亲近他们，踪迹不拘。近有姜威，远有麦克法兰。有缘遇上，心里珍惜，录之于笔，于自己是个安慰，读者亦喜闻乐见。时间长了，或成史料。

呆子文笔朴素，本色到不能再本色，就成了本事。

本事所致，"书人"系列自一而七，书中寄托由浅入深。

起初是书，是人。书之兴废，人之行止，都有社会背景。背景铺开，书和人有了更强的立体感。背景展宽到一定程度，历史显形。朴素中自有深刻。

# 六

书中有了历史，书和人都添分量。此时再品"书人"，蔚为人文。

话题有自身逻辑，加上呆子的真、诚、朴素，推着她走，行于所当行。

历史有显示真相的内在力量。真心尊重，即得助力。《书人有七》不少篇章，都在生发这种力道。是她求来的吗？更乐意相信是无心插柳，渐趋自觉。

对钱锺书、杨绛、费孝通交往心态和境界的辨析，对舒芜、贾植芳开门关门情景的还原，对沈从文、萧乾师徒恩怨的梳理……洞幽烛微，不动声色，掩不住字里行间拼接历史原貌的热忱。

"上下追索大半个世纪来中国的文化和文人生态"，是历史被扭曲、遮蔽之后的自然回归。一人之心，千万人之心。人家闷在心里，她喊了出来。空谷足音。

## 七

书稿多半是飞行途中读的。偶看窗外，天色清远，一只小型机轻盈、明亮，动力充沛，穿云入雾。

如获天启——那不是呆子吗？她已起飞。眼前书稿就是标志。

天象本可描述，变化难以预测，一切都有可能。朗日，迷雾，湍流，雷暴……

天外有天，愿她平稳，信她霜雪雷电皆成文章。期待垂天之翼。

从绒毛到成羽，一片又一片，这是第七片。还会有多少？七十，七百？

一个呆子不够，还有她唤起的心志。书界若做调查，看看有多少人希望像她那样去读去写，可期成千上万，可望呆外有呆。

张冠生

癸卯年秋

京西北博雅西园

第一辑

# 费孝通晚年谈杨绛

费孝通说，杨绛是我的第一个女朋友。

这句话是1997年10月他亲口说的。张冠生记录在他的笔记里，并写进《费孝通晚年谈话录（1981—2000）》（下称《谈话录》）出版。

关于费孝通和杨绛，没有什么秘密，也不存在什么隐私。当年，他们相识于苏州振华女中，后又求学于东吴大学和清华大学，有一段共同成长的经历。费孝通把杨绛当女朋友，不过杨绛并没有承认，她只是将费孝通当作老同学看待。这段事实费孝通没有否认。后来杨绛与钱锺书结为连理，费孝通与他们也保持了友谊。

到了晚年，回想走过的路，包括情感的历程，费孝通和杨绛的反应各不相同。

费孝通曾对张冠生说，写一个人怎么样，可以和其他人放在一起比较，一比较就容易看出特点。

《谈话录》有68万字，790页，体量不小。记录整理者张冠生曾任职于民盟中央，长期在费孝通先生身边做助手。全书分为两大部分。第一部分的时间段为1993—2000年，为张冠生跟随费孝通期间亲笔记下的费老的一言一行；第二部分的时间段为1981—1999年，为费老生前一些谈话资料。前后跨度20年，里边涉及杨绛的话题，这里集中摘录，并串成一条线。我们从费、杨两位大家各自的特点，可以看到从那个时代走过来的知识分子的胸襟气度、情感方式和文化意识。借用费孝通的话讲，历史真是妙。

<br>

一

<br>

1997年10月31日，张冠生与三联书店的沈昌文、浙江文艺社的罗俞君一起见费孝通。

费老一高兴，说："杨绛是我的第一个女朋友。现在要把我的散文和钱锺书、杨绛的放在一起，这个很妙的。历史真是妙！"（361页）

这是《谈话录》中费老首次提到杨绛。大家前来商谈费老散文的出版计划。浙江文艺社曾在1997年出版了《钱锺书散文》，收入钱先生散文96篇，其中首录了他早期集外作品32篇。1998年出版了《杨绛散文》，收入杨绛散文44篇，并由她亲自做了校订。此次他们想出版《费孝通散文》，这也是费老提到他们仨的散文放一起的缘由所在。

费老对在座的各位说："我的散文很广泛，同他们不是一个样子。我的散文融化在我的文章里边，包含着我的学术思想。"

他将钱锺书和杨绛的作品做了一番比较："散文不是讲

文学。文学与文章是两回事。文学是钱锺书高，文章是杨绛好。"

在他看来，杨绛的散文比钱锺书好，《干校六记》就是一个例子。但《洗澡》写成小说，不是杨绛的长处。钱锺书是论文好。对于好评如潮的《围城》，费老却说他不把它看得很高。

费老意犹未尽，又说自己的作品《逝者如斯：费孝通杂文选集》（苏州大学出版社）中的第一首诗，里边有杨绛的影子。"她可能看出来了。"然后又说，"《杨绛散文》前边的手迹里边，有答复我的意思。"

我费了很大的劲找他说的诗，有这么一句"少怀初衷，今犹如昔。残枫经秋，星火不熄"，又觉得不对。这种心有灵犀的意味估计只有当事人自己才能琢磨出来。

费孝通与杨绛相识于1923年，当时他是家里最顽皮的一个孩子，妈妈疼他，怕他被别人欺负，就让他上了女校。那一年，杨绛12岁，费孝通13岁。吴学昭在《听杨绛谈往事》写道："阿季（杨绛本名杨季康）用树枝在沙地上给费孝通画过一个丑像：胖嘟嘟，嘴巴老张着闭不拢。并使劲问费孝通：这是谁？这是谁？费孝通只憨笑，不做声。"

这番描写像极了杨绛和费孝通，年少时的纯真一览无遗。

费老说，"1930年到1933年，我们第二次同学。""女生上完课，出来走在一条路上。我们男生也在堤上走。可是按当时的游戏规则，男女只能对对眼睛，不能说话的。"

这一阶段，指的是在东吴大学。

《听杨绛谈往事》也有这么一段：到苏州东吴大学，两人都跳了一班，又同学，又同班。东吴大学许多男生追求杨先生，费孝通对他们说："我跟杨季康是老同学了，早就跟她认识；你们'追'她，得走我的门路。"杨先生听到这话说："我从十三岁到十七岁的四年间，没见过他一面半面。我已从一个小鬼长成大人，他认识我什么呀！"（第44页）

1932年，因东吴大学学潮停课，杨绛北上，借读清华。费孝通也在燕京大学，后考入清华研究院。故他俩有初中、大学、研究院"三届同班的同学"之称。吴学昭有一段描述，费孝通在转学燕京时曾问阿季："我们做个朋友可以吗？"阿季说："朋友，可以。但朋友是目的，不是过渡。换句话说，你不是我的男朋友，我不是你的女朋友。若要照你现在的说法，我们不妨绝交。"（第73页）

此后，钱杨相恋，费孝通与同学王同惠也交往密切，各自有了情感归宿。

在《谈话录》中费老忆起，还有一点点淡淡的忧伤，"后来我又去，堤还在。大学生还在那里走。可是时代不一样了，世风大变。"

他感慨，像戏一样，大家都是戏里的人物。说着书稿篇目，他又忍不住说，人也是散文。每个人都是一篇散文。


二


《谈话录》中提及杨绛处，无不涉及书稿。大概也因为罗俞君先后编辑了钱锺书和杨绛的书，与他们来往密切，费老希望从她那里多听到一些消息。

1998年4月21日，张冠生与罗俞君到费老家中，谈《费孝通散文》的编辑情况。

费老对罗俞君说："你可以去请杨季康为我这本书写个书名。看她写不写。"接着他又问杨绛近况，表示理解她的苦处，但是自己帮不上什么忙。

钱锺书、杨绛的女儿钱瑗于1997年患病去世，钱先生其间病重住院，杨绛一人忍着悲痛四下奔忙。费老故有此番肺腑之言。

1998年5月17日，张冠生陪同费老在福州考察。费老谈及清末到民初过渡的人物，如金松岑、柳亚子，到他的父亲费璞安，再到他这一代，说从传统向西学又走得远一点。

他嘱咐张冠生，这一代的东西，要争取多留下一些，说："你对杭州的小罗（罗俞君）讲一下，让她去找杨绛，请杨绛写钱锺书……拿北大来说，像冯友兰、金克木、季羡林这些人为代表的老一代知识分子，都应该有一本像样的传记或是自述。主要是说真话，留下历史真实。请沈先生（沈昌文）出面做这些事。他能跑，也能找得到这些人，说得上话。他在出版界与知识分子的联系当中有号召力，也有经验，可以把这件事尽快做起来。"

1998年9月12日、13日，他们从淮阴赴连云港。途中，费孝通对《费孝通散文》序言《圈外人语》一改再改。最后改成："我想这本小册子以《秀才先生的恶作剧》起笔，以《与君同消万古愁》作结，莫非编者是个象征派，想用隐射法来总结我这一生？怕的只是我这一代人的千年忧患此生还难用得上'消'这一字。是为序。"

然后说："好了，我这一篇就这样了。你再写一篇，……可以发挥一下钱、杨与我的关系，用阿古什的话讲，曝点光出来，但不要太多，不说透，留点余味。这段故事有趣，人家要看的。"

接着又说，"我在文章最后提到了'隐射法'。你可以在钱锺书的《管锥编》里边找几句有关的话，一定有的。把钱的原话放进去。另外，我怎么改文章也可以写进去，不是一挥而就，而是改了又改。写文章不容易。"

关于钱、杨与费的故事，确实有趣。坊间很多人就新奇于他们仨的交往点滴，传闻不断，甚至捕风捉影，添油加醋。正是各种流言，让杨绛不得不授权吴学昭在《听杨绛谈往事》中做了详细的澄清。

一周之后，1998年9月21日，费老一行从苏州返北京。途中他问张冠生编后记写得怎么样，说："你尽量放开写。我让你查找钱锺书论隐射法的原话，不一定要写上去，不写也可以。"

回京后，费老拉肚子，住进北京医院。巧的是，钱锺书也在同一个医院养病。

9月26日，张冠生带着编后记到医院看望费老。费老看后表示满意，又有点心切地嘱咐张冠生去钱锺书那里，把文章给杨绛看。

身边的秘书一看时间不合适，就建议第二天再说。

隔天下午，张冠生带了前一晚改过的编后记再到病房。费老正在输液，他右手执文稿，又细看一遍，说："好。"

一边在纸的页首写下"介绍同事冠生同志求教 孝通"，嘱张冠生"去拿给杨绛看看"。

张冠生下楼，到311房。杨绛正在病床边忙，钱先生正仰卧于床，人很瘦，两眼向门外望。杨绛得知来意，说："你们在走廊沙发上坐一下，我这就看。"

据张冠生的描述，"杨先生读了约十分钟，起身到门口。面带微笑说："你就是张冠生吧。我看过了，文章写得很好。谢谢你！"他们又轻声交谈几句，告辞。

返回病房，费老面带兴奋之色，问："她怎么说？"张冠生于是将杨先生原话转告。费老颔首。

这里通过张冠生的描述，我们感受到忙碌中的杨绛对人谦让周全，是个通情达理、好打交道的人。

不料到11月3日，事情有了变化。费老此时已出院，他通知张冠生到家里，拿出杨绛写的信，说："杨先生不希望我这本书的前言后记中讲出来当年这段故事。"

"这个事本来很简单，我就是想把这段历史了结一下。说出来，都是事实，又是好事。"此时费老像是一个委屈又无奈的小朋友。他满心欢喜，以为是一件好玩的事儿，却被浇了一盆冷水。

但又有什么办法呢？

## 三

费老不止一次对张冠生说："我看人看我，实际是通过别人的看法增加对自己的了解。是我看我，看在历史里边活动着的我。看出点名堂，笑一笑，还要觉得妙，说得出来妙在什么地方，这就妙了。"

用他的话讲，人，要有这个境界，就是要超脱出来。这个包括他对钱杨与他三人关系的态度上。

尽管各有归宿，但费老与钱锺书杨绛一直保持着良好的友谊。据说上世纪50年代初，还是他向乔冠华推荐钱锺书参加《毛泽东选集》英译小组。70年代末中国社会科学家访美，钱锺书和费孝通同住一个房间，费老借外币给钱锺书修鞋，拿邮票让钱锺书寄信给杨绛，于是有了钱先生"我们是'同情人'"的俏皮说笑。90年代末钱锺书生病住院，中间费孝通也因病住进同一医院，他们互相走动看望。

1998年12月20日，《谈话录》记道，费老到深圳调研，住在迎宾馆松园。他急急找到张冠生，告知后者钱锺书先生昨天故去了，还说："这一下杨绛更难了。一个人，也没个孩子。我们这些人，想帮忙也帮不上。老人到这个地步，真是惨。"

第二天和第三天，费老与王韧、李友梅一起，谈到文化自觉，说文化自觉得从自己身上开始，认识自己是个什么样的人。进一步，认识形成这样一个人的社会力量，从而分析这个形成过程，并解释这个过程的原因和意义。

他忽然举了一个例子，"钱锺书先生去世了。我原来想让冠生在《费孝通散文》的后记中写出来当年我和杨、钱的交往，表达出来历史的妙处，可是没有'妙'出来。这个话只有冠生知道。妙不出来，没有开出花来。"

似乎有点遗憾，费老又加了一句："我对别人的了解还不够。"

回到北京后，费老去看望杨绛。吴学昭在《听杨绛谈往事》中写道：杨绛送他下楼时说，楼梯不好走，你以后也不要再"迎难而上"了。

这个"迎难而上"被很多地方作为双关语放大渲染，似乎想以此总结这一生费孝通与杨绛的关系。

是不是这样呢？

在晚年谈话录中，费老对张冠生说，我这一辈子，生活上相信两条。一是不找比自己强的老婆，那就出不了头。恩师吴文藻就是一个例子。冰心名气比他大，他一直出不来。二是不欠别人的债，欠下债还不清的。

钱锺书百年后，杨绛没有费老想的"老人到这个地步，真是惨"，她笔耕不辍，之后出版了《从丙午到流亡》《我们仨》《走到人生边上——自问自答》等多部作品，并以一己之力整理编辑了《钱锺书手稿集·容安馆札记》《宋诗纪事补订》《钱锺书手稿集·中文笔记》，直至2016年谢世，比费老去世晚了足足11年。

费老在晚年，忙碌的身影依旧闪现他的生命之光，有人拿他们仨的关系开玩笑说，你跟钱锺书同年，他已去世了，你八九十岁还在研究160美元怎么能让中国人拿到的问题。费老哈哈大笑。

历史总在不经意间展现它的"妙处"，是不？

# 宗璞与钱锺书、杨绛

　　宗璞先生的《野葫芦引》四卷《南渡记》《东藏记》《西征记》《北归记》及结尾《接引葫芦》写作时间跨度达33年，描绘了三代中国知识分子、数十个家庭在抗日战争时期西南联大的悲欢与离合、聚散与变迁，以及之后个人在大时代中的选择与求索。

　　这部长篇小说引起强烈关注和热议的原因之一，则是里边的人物让读者有索隐钩沉的兴趣。比如，主人公孟樾的原型，是宗璞的父亲冯友兰，他的《中国史探》当指《中国哲学简史》。校长秦巽衡的原型是梅贻琦。外国人夏正思教授是"中国通"温德。江昉在大学教楚辞，政治上激进，遇刺杀，原型是闻一多。钱明经潜心研究甲骨文，人花心，指的是吴宓。白礼文嗜好云烟火腿、学问大、爱骂人，是刘文典。身有残疾、自学成才的数学家梁明时，是华罗庚。庄卣辰是叶企孙。蒋文长是汪曾祺。凌京尧是周作人。萧子蔚是曾昭抡。庄无因是杨振宁。玳拉是戴乃迭……而里边作者最偏爱的孟樾之女嵋，贯串全场，显然是宗璞本人。

这些人物参照了哪些原型其实并不要紧，关键还有一对夫妇——尤甲仁、姚秋尔，格外耀眼，所有人都认为矛头直指钱锺书、杨绛。

那么，为何这对人物如此特殊？他们出场的由头是什么？作者是如何着笔，又如何令情节推进，最后结局如何？我们不妨在小说中沿着尤甲仁、姚秋尔的人生轨迹，一步步探寻作者的写作动机和思路变化。

## 宗璞为何从《东藏记》开始引入尤甲仁、姚秋尔夫妇

1988年，宗璞《野葫芦引》第一卷《南渡记》出版。里边并没有尤甲仁、姚秋尔这对夫妇。当年宗璞60岁。

1990年，冯友兰去世。宗璞说，《南渡记》问世后，她把全部精力用于侍奉老父，但"用尽心力也无法阻挡死别"。父亲在她生命中的重要程度，由此可见。父亲去世后，她自己重病一场。之后病魔没有放过她。1996年起目疾加重，做过几次手术，虽未失明，却无法阅读。后来的写作全凭口授。她写写停停，且战且行，差不多七年之久。2000年，《东藏记》面世。

《东藏记》甫一出版，反响巨大。尤其在第四章的第192页，出现了"一对陌生夫妇来访"，他们是刚从英国留学回来的尤甲仁、姚秋尔。

宗璞是1993年下半年开始写《东藏记》的。之前书中人物在她头脑中一直活动，"时间无法计算"。

据曾在深圳坪山图书馆做"反传统的《围城》讲座的

陆建德老师介绍，他于1990年从英国剑桥大学获博士学位回国，同年年底就职于中国社会科学院外国文学研究所。在这个所里，他的前辈有钱锺书、杨绛，还有宗璞。

钱锺书、杨绛大宗璞十七八岁，可以说是两代人。

坊间流传的一个说法是，钱锺书当年从法国回来能到西南联大教书，是西南联大文学院院长冯友兰的功劳。但钱锺书只待了半年便离开。对外讲的原因是他父亲钱基博在湖南蓝田国立师范学院（今天的湖南师范大学）任教，希望儿子回到身边照顾自己。然而，另一个说法是，骄傲的钱锺书把西南联大的人骂遍了，比如"西南联大的外语系根本不行，叶公超太懒，吴宓太笨，陈福田太俗"。在《钱锺书交游考》中，谢泳老师说，钱锺书离开西南联大，确有人事方面的原因。

冯友兰为何要举荐钱锺书呢？

1923年，冯友兰学成归国后，在清华大学教授哲学，而此时，钱锺书刚被清华大学录取。钱锺书的聪明和天赋被许多教授认同和欣赏，包括冯友兰在内。在清华，冯友兰可以算是钱锺书的老师。

1938年秋，钱锺书与杨绛乘法国邮船回国，被清华大学破例聘为教授。次年转赴蓝田国立师范学院任英文系主任。

杨绛曾在《记钱锺书与〈围城〉》中记述了这件事："1938年，清华大学聘他为教授，据那时候清华的文学院长冯友兰来函说，这是破例的事，因为按清华旧例，初回国教书只当讲师，由讲师升副教授，然后升为教授。"

可见，冯友兰赏识钱锺书并破例聘其为教授，对他有提携之功。

按此逻辑推理，钱锺书应感恩冯友兰。

但，事情的转折来了。

1979年4月至5月，69岁的钱锺书随中国社会科学院代表团到美国参观，访问了哥伦比亚大学、加利福尼亚大学伯克利分校等地。在斯坦福大学时，钱锺书应邀参加了该校亚洲语文系的一场座谈会，参加座谈会的还有刘若愚、庄因教授等三十多人。这场座谈会被报道的内容，后来导致了宗璞与杨绛的笔墨之争，也可以说为宗璞创作尤甲仁、姚秋尔埋下了伏笔。

究竟是一个什么样的事实呢？

这里引用1998年7月宗璞在天津《文学自由谈》杂志刊出的、她写于6月的《不得不说的话》一文中部分文字：

> 1997年春节稍后，有朋友拿来孔庆茂所著《钱钟书传》（江苏文艺出版社1992年出版），其222页说，钱钟书1979年5月10日曾在美国史丹福大学亚洲语文系一次座谈会上发表讲话，"当座谈会上有人提到某哲学家的赫赫大名时，钱钟书说此人在'文革'中出卖朋友，致朋友迫害而死"。该书第232页注明此段文字的根据是庄因《钱钟书印象》及《关于〈钱钟书印象〉的补充》。此后，我又见到牟晓朋、范旭仑所编《记钱钟书先生》（大连出版社1995年出版），其208至210页就收了庄因这两篇文章。前者说，"座谈会中也提到了哲学家冯友兰，钱钟书把冯友兰骂了一大顿。……又

说，冯友兰最不应该的是出卖朋友，在座有人问冯友兰究竟出卖了哪些朋友，钱钟书却不愿指出姓名"。后者补充说，钱钟书在座谈会上还曾说过这样的话："冯友兰捏造事实，坑人使妻小俱死。"文中没有孔庆茂所写"致朋友迫害而死"字样。

自（上世纪）四十年代末以来，我见到的对先君冯友兰先生的批判、责备不可胜数，但这样白纸黑字的谩骂还是第一次见。

这篇文章详细地叙述了此事的前因后果。

写完《东藏记》的宗璞当然不能接受报道中钱锺书的此番评论。冯友兰在女儿眼中的形象，就像小说中孟樾在女儿嵋眼中的形象——沉稳坚定、勤奋刻苦、专心学业、忧国忧民、严于律己、宽以待人、大爱人间，对学术问题有自己独到的见解，富有自由之思想、独立之精神，是一位学问品行俱佳、为人所称颂的学界精英、学校砥柱。在小说中，宗璞通过嵋给孟樾献上深深的敬与爱。

但报道中钱锺书关于冯友兰的评论事关重大，宗璞觉得有必要问清情况。"但因得知他们的女儿去世，钱先生又在病中，我不愿给他们增添烦恼，故久久未说。而我心情压抑，随即患病，此事遂一搁数月。后因想到必须乘当事人都在世时把事情说清楚，乃于去年十月（1997年10月）向杨先生提出此事，并希望她婉转向钱先生问明究竟。杨先生拒绝去问，坚决否认钱先生曾说过上述的话，所举理由有冯先生是钱先生的五大恩师之一，他决不会说等等。

但杨先生至今没有公开声明钱先生未说过那些话。"（《不得不说的话》）

宗璞选择了公开写文章质询。

杨绛于1998年8月8日写了回应文章《答宗璞〈不得不说的话〉》，发表于《新民晚报》和《文汇读书周报》，否认钱锺书说过指责冯友兰的话。她说："宗璞根据传说钱钟书的记载，曾一再来信、来电话，谴责钱钟书访问美国时诬蔑毁谤冯友兰先生。我也曾一再向她举出事实，说明这事不可能。""我就遵照她的要求，公开说明钱钟书不可能在美国诬蔑、毁谤冯友兰先生'出卖朋友，致朋友迫害而死'、'坑人使妻小俱死'等话。根据宗璞一九九七年十月二十四日给我的信，所说的'朋友'，指章廷谦。她信上讲了'文化大革命'中冯先生和章廷谦的事。"杨绛文章中还写道："冯先生去世后一天，……台湾季季女士打来长途电话，……问钱钟书先生对冯先生的学问如何看法。我把这话告诉我旁边的钱钟书。他叫我传话：'冯先生是我的恩师。但是我们对学问的看法不同。'""钱钟书没有跑到美国去诬蔑、毁谤冯友兰先生。谁要指控他做过这件事，必须提供确实、充分的证据，指控才能成立。这是法律。"最后，她"希望宗璞保持自己的理性，不要太感情用事，折磨自己"。

之后宗璞在《文学自由谈》（1998年第6期）又写了《再说几句话》，说"对杨文中的某些说法，我有所保留"。文章的最后，她"诚恳希望我们的社会能够形成说真话，讲事实的风气，这是最重要的。如能把宝贵的时间无损耗地用在文化的创造上，何幸如之！"

这场笔墨官司最终以所涉出版单位向宗璞公开道歉了结。

关于事情的来龙去脉，穆正平先生曾在《中华读书报》上写文章做了回顾。华南师范大学公共管理学院哲学所的陈晓平老师也撰文叙述。坊间议论颇多，至今也没有消停。

我们再回头看那一个特殊的历史时期，尤其20世纪50年代之后，中国很多知识分子在学术底线坚守与政治立场站队上，有意或无意地模糊了一些界限，做出不得已的个人选择。风口浪尖上的许多文化名人都不能例外，"文革"期间冯友兰写诗"怀仁堂后百花香，浩荡春风感众芳""为有东风勤着力，朽株也要绿成荫""则天敢于作皇帝，亘古中华一女雄"；钱锺书参与英译《毛选》和毛主席诗词的修订……这些原本无可厚非。但其中主动与被动、积极与消极、可选可不选与没有选择余地之间的差别与尺度就无法一概而论，人性的复杂也从中可见一斑。

1990年冯友兰先生病重去世，此后宗璞经历了丧父之痛和自己的身心重创。1990年12月，电视连续剧《围城》在中央电视台播出，进一步引发了钱锺书热。这期间，夏志清先生《中国现代小说史》中译繁体字本于1979年和1991年分别在香港和台湾出版，在书中，钱锺书被推崇为吴敬梓之后最有力的讽刺小说家。钱学再次被学界和读者广泛认同。

正是在这样的大环境下，人物在"头脑中活动"无法计算时间的情形下，宗璞开始了第二卷《东藏记》的创作。

## 尤甲仁、姚秋尔在《东藏记》中的学识与人品

他传就是己传。抗日战争爆发后冯友兰一家离开北平，"南渡"昆明，九岁的宗璞入西南联大附中学习，在昆明一待八年，亲身经历过西南联大战火纷飞的岁月，直至1946年北大、清华、南开各自回迁原址。虽然颠沛流离，但她始终生活在父亲所庇护的家庭和校园中。

尽管是小说，宗璞仍参考了一些史料，在她笔下，许多细节真实呈现，我们从小说中的人物可以捕捉到一些生活的原型。"人物的命运离不开客观环境，毕竟是'真事隐去'的'假语村言'"（《东藏记》宗璞后记）。她希望"对得起那段历史"。

心中有话，不吐不快。

于是，在《东藏记》（第192页）中，"这时有一对陌生夫妇来访，两人身材不高，那先生面色微黄，用旧小说的形容词可谓面如金纸，穿一件灰色大褂，很潇洒的样子。那太太面色微黑，举止优雅，穿藏青色旗袍，料子很讲究"。

主人公孟樾很高兴，介绍给他太太碧初和他同校的老师钱明经："这位是刚从英国回来的尤甲仁，即将在明仑（大学）任教。"他想不起尤太太的名字，后来知道叫姚秋尔。

宗璞笔下，"两人满面堆笑，满口老师师母。尤太太还拉着樾的手问长问短。两人说话都有些口音，细听是天津味。两三句话便加一个英文字，发音特别清楚，似有些咬牙切齿，不时也互相说几句英文。他们是在欧战爆发以前

回国的，先在桂林停留，一直与弗之（孟樾）联系，现在来明仑任教。"

寒暄过后，尤甲仁说："英国汉学界对孟师非常推崇，很关心孟师的生活。"他问起弗之著作情况。弗之说，虽然颠沛流离，东藏西躲，教书、写书不会停的。

宗璞一边引进新人，一边树立孟樾高大的形象，尽管战时纷乱，但知识分子本色不动摇。

此处姚秋尔出场了。她笑笑说："甲仁在英国说英文，英国人听不出是外国人。有一次演讲，人山人海，窗子都挤破了。"尤甲仁也补充说："内人的文章登在《泰晤士报》上，火车上都有人拿着看。"

夫妻俩互相叫好。如果说，前边只是引子，那么接下来，宗璞开始进入正题。她巧妙地借钱明经这个人物，以他的敏锐和心思来侧面展现尤甲仁。

于是有了以下这一段情景对话——

　　钱明经忽发奇想，要试他一试。见孟先生并不发言，就试探着说："尤先生刚从英国回来，外国东西是熟的了，又是古典文学专家，中国东西更熟。我看司空图《诗品》'清奇'一节——"

　　话未说完，尤甲仁便吟着"娟娟群松，下有漪流"，把这节文字从头到尾背了一遍。

　　明经点头道："最后有'淡不可收，如月之曙，如气之秋'。我不太明白，说是清奇，可给人凄凉的意味。不知尤先生怎么看？"

尤甲仁马上举出几家不同的看法，讲述很是清楚。姚秋尔面有得色。

明经又问："这几家的见解听说过，尤先生怎样看法？"

尤甲仁微怔，说出来仍是清朝一位学者的看法。

"所以说读书太多，脑子就不是自己的了。这好像是叔本华的话，有些道理。"明经想着，还要再问。

**但故事的推进还是要循序渐进，此时，宗璞把节奏控制了一下，由弗之出面——**

弗之道："江先生主持中文系，最希望老师都有外国文学的底子，尤先生到这里正好是生力军。"

明经暗想，连个自己的看法都提不出来，算什么生力军。当下又随意谈了几句，起身告辞。

**接下来，弗之、尤甲仁喝茶。**

尤甲仁道："秋尔在英国，没有得学位。不过，也是读了书的，念的是利兹学院研究院，她也有个工作才好。"

弗之想，似乎英文方面的人已经够了，法文、德文方面的老师比较缺。便说："可以去见王鼎一先生问一问。"

姚秋尔说："我当惯了家庭主妇，只是想为抗战出点力，有份工作更直接些。"她说话细声细气，不时用手帕擦擦脸颊。

不难看出，宗璞是刻画高手，四个人物，一场对话，轻轻松松把这对刚从英国回来的夫妇的秉性描眉画眼了一番，人物形象顿显，为后边的发展埋下了伏笔。

如果尤甲仁、姚秋尔是暗指钱锺书、杨绛，那么我们来看看钱、杨的实际情况。

1935年，钱锺书以87.95分第一名的成绩考取英国庚子赔款公费留学生，为历届中美和中英庚子赔款公费留学生考试平均分最高，赴英国牛津大学艾克赛特学院英文系留学。1937年，他以《十七十八世纪英国文学中的中国》一文获牛津大学艾克赛特学院学士学位。这个学位是否译成学士学位，学界也有争论。

陆建德老师2019年4月在清华大学新水利馆做讲座时说："钱锺书在英国牛津最初读了B.Litt（副博士），这个学位非常不容易拿。在牛津大学拿这个学位的人，特别有自信，极其优秀。"在他看来，钱锺书拿到的是很稀缺的副博士学位。

陆建德老师又称，钱锺书两年拿到那个学位，和杨绛一起到巴黎游学一年（赴法国巴黎大学从事研究），1938年秋搭法国邮船回国。那时候抗战已经爆发，他们先到昆明西南联大教书，再回上海探亲，探视父母后发现再去昆明路途十分困难。钱锺书的父亲钱基博是一个老式文人，当时在蓝田师范教书，便叫儿子前往，钱锺书不得不听从。

钱、杨回国的路径在钱锺书生平年表中均有客观记载，不存在疑义。宗璞在小说中以尤甲仁、姚秋尔为影子，算有迹可寻。何况，虚构与非虚构在文学创作中并非界限分明，可多种释义并存。

到了《东藏记》第七章，第292页，尤甲仁、姚秋尔再次出现。

宗璞安排他们住进了刻薄巷一号，但不免加了一句："这些名字是后人附会，还是当时就这样叫，无人考证。"

哪怕在小说中，她也聪明地将自己的责任择干净了。

"尤甲仁到明仑上课，很受欢迎。他虽是中文系教授，却开了十八世纪英国小说选读和翻译等，再加上本系的古典文学课，真显得学贯中西。他上起课来旁征博引，古今中外，名著或非名著，只要有人提起，无不倒背如流，众人俱都佩服。"

"姚秋尔也经钱明经介绍在一家中学找到教英文的事，以她的才学应付几个中学生自是绰绰有余。他们于教课之暇，浏览昆明名胜，极尽山水之乐，一晃几个月过去了。"

对他们的才学，宗璞笔下是肯定的。但小说家擅长细节呈现，人物的特征随着情节推进愈发鲜明。我们不妨看看——

这一天下午，尤甲仁兴致勃勃地回到家，姚秋尔正伏案改作业，抬头妩媚地一笑，问："有什么新闻？"这是他们彼此间常问的一句话。

尤甲仁拿出一张报纸，指着孟、仇的订婚启事。

"未婚夫死了三天，才登的这启事，以前有抱着木主结婚的，现在还有画着黑框订婚的。孟弗之怎么这样！"

姚秋尔眨眨眼睛，"说不定人家早海枯石烂过了。"两人会心一笑。

**接着说夏正思几次恋爱失恋的逸闻。宗璞笔锋一转——**

过了几天，同仁间流传着夏正思失恋的故事，果然丰满了很多，尤其在投海这一段，加了找情人告别这样十分感伤的场面，在海边徘徊时又加了种种渲染。

这故事几次出入刻薄巷，离原来的人和事一次比一次更远。

…………

大家见他们轻薄，都不与之谈论。他们似有所察觉，稍有收敛，但仍免不了以刻薄人取乐。他们这样做时，只觉得自己异常聪明，凌驾于凡人之上，不免飘飘然，而毫不考虑对别人的伤害。若对方没有得到信息，还要设法传递过去。射猎必须打中活物才算痛快，只是闭门说说会令趣味大减。

作者以旁白或是话外音的方式大段加以议论，固然依据行文上下代表"大家"之意，也不免流露出作者个人臆想和揣测。

接着，宗璞给尤甲仁安排了一次中文系演讲——

他不讲诗，不讲小说，不讲理论，不讲翻译，讲的是"莎士比亚和汤显祖"。戏剧不属他的本行，但他信手拈来，就可以胜任。他讲了莎士比亚几个重要剧作的梗概，大段背诵，抑扬顿挫，声调铿锵，很有戏剧效果。又把《牡丹亭》中几段著名唱词，一字不落背了下来，可惜他不会唱昆曲，不然更加好看。虽然整个演讲内容丰富生动，却没有说出比较的是什么，思想上有什么同异，艺术上有什么差别。同学们听了，有人赞叹，有人茫然。

这一段呼应了前边钱明经引用叔本华"读书太多，脑子就不是自己的了"的梗。但这只关乎学识，还不关乎人品。宗璞对笔下的这对新人，遣词造句上轻易不会放过，自有一种边写边发泄的快感。我们且继续看。

宗璞写道：系主任江昉听了，随口说了一句，外国有些汉学家就是这样的，只知抠字眼背书，没有自己的见解思想。这话传到刻薄巷，尤、姚两人尤觉无名火熊熊上燃。

后有重庆两名记者被捕，江先生发表文章批评不民主的做法。尤甲仁对记者之事不置可否，却对江昉大加攻击，说，"现在民主人权很时髦了，无怪乎以前有人说江昉善于投机，这可不是我说的。"

这个细节表现了大是大非面前尤甲仁只一味想报复他人以寻一己之快的狭隘心理，难免涉及人品问题了。接着，还有一处，尤、姚听闻凌雪妍的婚恋故事之后，这个版本在坊间就放大蔓延开去。

宗璞忍不住又把自己放了进去，评论道："谣言的传播就像瘟疫，在有知识的人群中也不例外。凌雪妍万里寻夫，像是个小唱本，其中一段'伴郎代新郎'更是浪漫，编造了雪妍和李宇明的感情纠葛。其实以尤、姚之才，完全可以另起炉灶来创作，但他们是要伤害活人，才感到快乐。制造谣言还要传递谣言，这才完整。"

"伤害活人""制造谣言还要传递谣言"，难免让人又联想到1979年钱锺书访美中对冯友兰的评价。宗璞处处暗藏机锋，心中的怒气一展无遗。

在此卷的第372页，他俩再次出场。

宗璞写道：又有一天，楼下邵为的妻子出走，晚上姚秋尔和尤甲仁讨论这件事情。姚秋尔说，我说她穿着的衣服可笑，邵不以为然。尤甲仁接话，他当然是觉得可爱，狗会觉得有什么比粪更好吗？两人又笑了一阵。

宗璞总忘不了与刻薄巷这个名词相挂钩。在这对夫妇身上，人前人后的"刻薄"是无时不在的。但除了人品学识外，似乎还要与生活挂钩，在艰难困苦面前，他们又会何去何从？

像抖包袱一样，宗璞小心地藏着密码暗号，让后续发展有迹可循。

她继续写，尤甲仁在几个大学兼课，又常有翻译的零活，在同仁中，他们的日子比较好过，可是姚秋尔的手也是一天天地粗糙起来。

这一个周末，在夏正思家举行朗诵会，有人说起战局，都说学校再次迁移是免不了的，有人说接到天津、上海家中人来信，已经沦陷的地方倒是安静。姚秋尔心中一动。

夏正思用法文朗诵了《八月之夜》，大家都很感慨。尤甲仁却叮了一句"自作多情"。这让夏正思很生气。轮到尤甲仁朗诵时好几个人退场。

> 当天晚上，姚秋尔在枕边说："我有一个想法。……我们回天津去好不好？这边逃难的日子还不知什么时候是个头。"尤甲仁沉吟说："未尝不可考虑，我讨厌系里这些人。他们对我有看法，也许下学期会解聘我。"
>
> 秋尔在黑暗中睁大眼睛："会吗？那些人会解聘你？谁的才学及得上你？"
>
> 尤甲仁抚摸着秋尔的手，说："孟先生会保我的。不过，也许我们自己先走为好。生活也太苦了。"

终于，宗璞笔端迎来了关键处——尤甲仁、姚秋尔二人在明仑学校快待不下去了，起了去意。

小说中弗之对尤甲仁有引荐之功。尤甲仁尽管对其他人常出刻薄之语，却始终认为"孟先生会保我的"，对孟弗之持弟子之礼。

谢泳在《钱锺书交游考》中就说，西南联大这段不愉快的经历，对钱锺书后来创作小说《围城》是有影响的。在《围城》中西南联大的一些人、事，可以窥得一斑，也可以看到作家通过小说人物表现出自己的评判。

接着，宗璞写道，又有一次，因为对《九歌》的英译有几处不同看法，尤甲仁和其他人有争执。"意见不同，本来是可以讨论的，尤甲仁却说了许多嘲弄的刻薄话，引起议论。"有人背地里说，"尤甲仁自视太高，全不把人放眼里。""文人相轻也是常情，但是过于伤人，未免叫人寒心。"因了这些，他俩的去志并未减少。

此处笔锋一转，宗璞又写，某天湖边散步，他们偶遇原楼下与别人相好而出走的邵为的太太，丰衣足食。她问秋尔，学校还会搬家吗？接着又说，再逃难，更没法子过日子了。我要是你们，早回天津去了，总比这里舒服得多。说罢，坐家里的人力车走了。留下的秋尔，喃喃，好久没有坐人力车了。

貌似一笔滑过，却把姚秋尔在条件艰苦下对物质的内心向往暴露了出来。再清高，也有对美好生活的向往。

不难想象，《东藏记》2000年出版后，引起了巨大的反响。很多人撰写了读后感，有在索隐中对号入座并加以分析的，认为"文革"中冯友兰出卖良心，一介书生钱锺书看不起，遂出言讽刺。宗璞于是写书为父报仇。有人指出，钱此举是"吾爱吾师，吾更爱真理"的表现。也有人认为，《东藏记》让钱锺书、杨绛走下神坛。同样有人说，对于钱锺书的学问宗璞根本无法懂得。更有人说，尤甲仁、姚秋尔处的着笔如赵姨娘之骂，影响了整本书的水准。还有人说，《东藏记》是半部"反知识分子小说"（余杰语）。

但就像冯家接连遭遇变故一样，钱家也连遭不幸。1997年3月，钱瑗因患脊椎癌去世。1998年12月19日，钱锺书去世。剩下《我们仨》中的杨绛一人，独自顽强捍卫钱锺书的人格品质。

2005年，《东藏记》获得第六届茅盾文学奖。

## 《西征记》《北归记》《接引葫芦》中尤甲仁、姚秋尔的发展演变

第三卷《西征记》2008年写完。这期间宗璞的夫君蔡仲德先生2004年去世，她一个人于天地之间踽踽独行。2017年第四卷《北归记》完成，到出单行本时，已到2019年。

《西征记》主要写明仑大学学生投笔从戎，参加远征军与日本侵略者作战的故事。

第347页，抗战结束，学校北迁。此时，宗璞不忘交代尤甲仁夫妇。她写道，刻薄巷中的尤甲仁夫妇早有离开昆明之意，起先因战局严峻，想要逃避，后来见滇西反攻胜利，便又留下。这时已安排好行程，特地到孟家告辞。尤、姚二人在大学中人缘很差，他们自视甚高，常对别人做出点评，难免得罪人。

这天他们来到孟家，孟弗之不在，太太碧初接待。"下学期聘书还没有发，我们不好直接到北平去。想先回天津，看望老人。"尤甲仁说。姚秋尔接话道，"甲仁还有一位叔父在堂，甲仁是最有孝心的。"

夫妇俩依旧夫唱妇随，珠联璧合，极其和谐。尽管与前一卷极尽讽刺笔法相比，这一卷相对柔和了很多，但宗璞还不想转变太快。她又安排了一个细节——

尤甲仁又问，听说师母这边带不走的东西，都交由一位厨师处理，办得好。姚秋尔说，能不能也给我们办一办，我们的东西不多。碧初就写了条子，后来，二人嫌给的价钱少，又想了别的法子。

到了第四卷《北归记》，抗战胜利尘埃落定，内战烽烟又起。历史巨变的前夜，国家的前途，个人的命运，杂糅其中。

此卷尤甲仁、姚秋尔的分量更弱。

第六章第224页写道，在北平的明仑大学新住宅区建成，大伙搬进昆庄。尤甲仁、姚秋尔与钱明经在昆明时是邻居，这次依旧还是邻居。三卷前后创作跨度达二十多年，但宗璞并没有忘掉线头，还是一个个接连上，算是一个呼应。她写道，有人想从昆明移蜡梅来种，姚秋尔则说，我倒想种菜呢，现在大白菜这么贵。要知道，当年在昆明，姚秋尔家可是只放一部牛津大词典，其他都不在眼里。此处的大白菜，已暗暗点明了尤甲仁夫妇的转变，从曲高和寡、冷嘲热讽、不屑于与众人打交道，到如今已能接地气生活。

第229页中，两人再次出现。宗璞写道，时局在变，尤甲仁收到台湾某大学的邀请信，邀他前去工作。他和秋尔频繁讨论去还是不去。两人觉得，无论谁执政，只要不反对，总是能平安的。最终倾向留下，但未做决定。

政府为了支持金圆券，禁止私人持有黄金、白银和外币。尤甲仁家是天津世家，有祖产，他们又有些外国朋友，自有一个社交圈子，两人的日子过得很是悠闲。他们夫妇存有几条黄金和一些美钞，因为对金圆券信心不够，若是拿出来兑换很舍不得。命令中说如不兑换就要没收。没有原因而没收私产，这样的政府可靠吗？两人每天的话题便是换还是不换。

到了九月二十九日，两人讨论了一夜，最后一致的意见是：若不换落得个没收，仍然是一无所有；若是换，就算是有去无回，也还是支持了国家财政。只好决定将全部积蓄换成了金圆券。同时也决定了谢绝台湾邀请，不去台湾，留在大陆。

在这些细节描绘中，如不对比此前，读者会认为尤甲仁夫妇就是普通知识分子中的一员，想法举止都入情入理，与现实不违和，让人不反感。

到第274页，已近小说尾声。炮火声中大家在孟家聚餐——

> 姚秋尔看桌上的菜虽然简单，却很诱人。说道："还有绿豆芽哪？"先给尤甲仁搛了一筷子，"如意馆这几天简直不送菜了，我都自己到校门外买大白菜。"

从想种大白菜到自己买大白菜，尤甲仁一家已完全融入了学校老师的北平日常，不再口出刻薄之言或故作清高。经过联大八年辗转各地历尽辛酸，到头来与孟弗之走到一起的亲密的几家人，尤甲仁夫妇位列其中。

大家谈论中，匆匆吃完。"在北风的呼啸中，他们穿过黑暗一步步走，脚步是那样沉重。慢慢转过小山，各自散去。"

创作《北归记》后一半时，宗璞已患过一次脑溢血，但她又活回来了，并不轻松，"南渡、东藏、西征、北归，人们回到了故土，却没有找到昔日的旧家园"。她于是决定继续，因为时代的大转折并没有完，人物命运的大转折也没有完。所以，还有最后的《接引葫芦》。宗璞决定以贞元之气给这群陪伴了她30年的人物一个结局，就像书中嵋送走了几乎所有的人，最后留下了她自己，睁眼看世界。

如果说前边四部小说承载的是从1937年至1948年12年间，不同学科三代知识分子辗转各地的人生际遇，那么《接引葫芦》则是写从新中国成立一直到21世纪这半个世纪以来政治运动、社会发展、时代变迁中中国知识分子的改造、转变与坚守。宗璞最后引用父亲冯友兰的话："人必须说了许多话，然后归于缄默。"

2018年5月，宗璞画上了整部书的句号，此时，她年届90岁。两年前的2016年5月25日，杨绛病逝，享年105岁。

宗璞和钱家的矛盾源于钱锺书对冯友兰的评价，尽管杨绛先生撰文否认，但不管是学界还是坊间，都有此种共识。

从事"文革"受难者研究和打捞工作的王友琴女士写过《林焘先生与"文革"历史》，这是她对著名语言学家、北京大学中文系教授林焘先生的访谈记录，里边佐证了这一段历史。"林先生说，他曾和中文系章廷谦教授关在一间房子中。有一天章廷谦说，他很苦恼，因为冯友兰教授说他在西南联大时是国民党区党部委员，那样就是'历史反革命'了，但是他并没有当过。后来，军宣队在大操场召

31

开全校大会，把章廷谦当作'抗拒从严'的典型用手铐铐起来塞进一辆吉普车当众绝尘而去。"林焘先生旁证着北大同仁们的"文革"苦难，也愧疚着自己苦难中的狼狈和软弱。王友琴在文章中表示惊讶的是，章廷谦和林焘等先生受到的迫害，在这个争论（宗璞、杨绛笔墨之争）中被放在一边了。

有一位网名叫"雪饮刀"的作者，因此撰写了文章《依然被时代劫持着的钱锺书和冯友兰》，感慨1979年座谈会是"以谴责或被谴责的方式走进真正的师生大义、灵魂省察和时代反思的表现"，"是中国大师级为数不多的文化交往中屈指可数的一次灵光血性的闪现"，"却在三十年后被主流化的犬儒精神矮化为名誉之争的家庭之间的风波"。

宗璞对老父亲一直很是敬爱，在小说中用"孟弗之"名之，可以想象是孟夫子的谐音。为了维护亲人的形象而在小说中费尽笔墨刻画人物形象表达情感诉求，是可以理解的。据说，何兆武先生在《上学记》中批评了冯友兰，书出版后，宗璞也与何兆武争论过。

同理，为了维护钱锺书，杨绛哪怕在生命的后期，也不惜拿起法律武器与各方作战。她没有惊扰重病的钱锺书而选择独自撰文回应宗璞，即是鲜明的一例。

实际上，从《东藏记》到《西征记》《北归记》直至大结局的《接引葫芦》，在小说近百位人物中，尤甲仁夫妇的着墨并不算多，分量不算重。他俩只是匆匆过场的人物，不过是知识分子中的一抹颜色，增加了这个群像的立体性、丰富性。

到整部小说的结尾部分，《北归记》第七章（第268页）有这么一节很是特别。宗璞让弗之在课堂上讲了"乌台诗案"，说，"苏轼因嘲讽朝政，他的诗更被深文周纳，成为反对朝廷的证据，被捉到汴京投入监狱。""受到冤屈，几乎丧命，却还要说'圣主如天万物春，小臣愚暗自亡身'。大才如苏轼，也不得不这样说，而且是这样想的，这是最最让人痛心的。千百年来，皇帝掌握亿万人的命运。国家兴亡全凭一个人的喜怒。一个人的神经能担负起整个国家的重任吗？神经压断了倒无妨，那是个人的事，整个国家的大船就会驶歪沉没。"

苏轼受陷害还要高呼"圣主如天万物春"，且"不得不这样说，而且是这样想的"，宗璞是否意比父亲冯友兰，在大时代面前个人之渺小之无力？连苏东坡都不能例外，又遑论冯友兰呢？她在为父做"理解之同情"的同时，也不免发出"这是最最让人痛心的"感慨。

小说之外，宗璞从没有对尤甲仁、姚秋尔这对人物展开评论，杨绛也未曾对小说中的人物发表意见。

时间的推移，小说的发展，作者心态的变化，尤其小说中尤甲仁、姚秋尔的人生态度转变，使我们得以窥见宗璞自己人生态度的转变。20多年的创作时间里，世事的不断打磨，史料的逐一呈现，客观语境下人性复杂性的展现与调和，使宗璞从一开始的怒火十足到慢慢放下，直至最终与小说中的人物达成和解，或是说，与自己内心达成了和解，与历史达成了和解，与时代达成了和解。最后她将个人的爱恨情仇转为对时代的思考，直面社会弊病，战胜遗忘，并试图激发思想活力，努力承担社会责任。在全书结尾处她写下重重的一笔："百年来，中国人一直在十字路口奋斗。一直以为进步了，其实是绕了一个圈。需要奋斗的事还很多，要走的路还很长。"

我们或许可以想象宗璞在自我和解的同时也实现了某种自我升华，这部作品最终提供了一种对自西南联大时期起直至新世纪中国风云变幻历史的个人解说，有其敏锐的社会观察和深厚的人文情怀，尤其是结尾，尽管匆匆，却另有一种深长意味。

不管影射说、原型说、索隐说、考据说等这些猜测是否成立，从客观角度看，这个特定时期中国传统知识分子的群像，反映了时代特征和学界风貌，尤甲仁、姚秋尔这两个人物本身为小说添色不少。《野葫芦引》开始创作时，冯友兰撰写对联"百岁寄风流，一脉文心传三世；四卷写沧桑，八年鸿雪记双城"对女儿寄予厚望，宗璞坚持三分之一世纪，凭老迈之躯以顽强的意志最终完成了皇皇巨著，大可告慰父亲的在天之灵，于她本人更是功德圆满。

# 晚年沈从文与萧乾

薛原老师又出书了，这次是《文人谈》。

施蛰存、周作人、骆宾基、聂绀弩、曹靖华、俞平伯、郑振铎、顾颉刚、胡适、陈寅恪……38篇文章，38个人物，38幅肖像，有引据，有选择，有发现，有联想，有引申，当然，有见解。这些篇目集结成继《闲话文人》《画家物语》之后的又一部薛原作品，对中国现代作家与画家进行专题扫描。

薛老师的出发点很简单："这种阅读的发现往往是因为一点相关的文字而引起对另外相关的书和文字记录的记忆，将这些相关的文字相互地比较也是夜读快乐的一个缘由。"

读此书的过程中，我也因了一点"相关的文字相互地比较"而有了一点启发。

在《施蛰存："新文学，我是旁观者"》中，文章结尾处有一封短信，是施蛰存1994年3月29日写给李辉的，其中有一段如此交代李辉："中国文学社印出了我的小说集英文本，书名 One Raining Evening（《梅雨之夕》）。我送你两册，其中一册请用你的名义寄赠马悦然，不必航空寄，平邮二十天可到。"对于中国作家寄书给马悦然,我知道不会少,但不知道还有施蛰存。想来李辉也如期寄出。薛老师写道,这主要是让诺贝尔文学奖给闹的。

再有,薛原读扬之水的《〈读书〉十年(二)》(中华书局2012年初版),看到"扬之水记1991年12月28日到赵萝蕤家拜访,又说起近来对某某的宣传大令人反感,赵萝蕤说:'我只读了他的两本书,我就可以下结论说,他从骨子里渗透的都是英国十八世纪文学的冷嘲热讽。'……读到这里不能不引起联想,扬之水日记的这个隐去名字的某某是否就是钱锺书呢?据说钱锺书小说《围城》里唐晓芙的原型就是赵萝蕤"。坦白讲,我也认真、仔细地研读了扬之水老师的《〈读书〉十年》三册,甚至边看边考证边联想边为书信中因某些考量而删节素材大为可惜,可怎么就没发现此处"某某"是钱锺书?

看到《沈从文的"驯服"》,又有新的感受。这里特地引用原文一段:

> 关于沈从文与萧乾这两位亦师亦友大半个世纪的老友在晚年断绝友谊一事曾是一个"谜"……这要感谢傅光明的"解谜"之劳了。傅光明的《萧乾与沈从文:从师生到陌路》对此事做了详尽的剖析:1972年,沈从文从湖北咸宁干校回到北京不久,萧乾去看他,见他一人住在一间房里,而夫人和孩子住在另一条胡同里,中间隔得很远,生活极不方便,就想通过朋友找到历史博物馆的领导,争取给沈从文一家解决住房上的困难。后

来事情没有办成，萧乾很觉过意不去，就把事情经过告诉了沈夫人张兆和，不想沈从文得知此事后，极为不高兴，当即给萧写了一封措辞严厉的信，指责他多管闲事。有一天在路上，两人相遇，萧还想解释，沈劈头一句，"你知不知道我正在申请入党？房子的事你少管，我的政治前途你负得了责吗？"……傅光明剖析说，这时的沈从文早已被扭曲成政治的驯服工具。

傅光明老师是萧乾的弟子，他编著了很多关于萧乾的作品，包括采访整理的《风雨平生——萧乾口述自传》、纪实文学《人生采访者：萧乾》，以及编选《萧乾文集》（10卷）等。我非常敬佩。《萧乾与沈从文：从师生到陌路》一文收入他的随笔集《书生本色》，由中国文联出版社2001年出版。萧乾于1999年去世。

在《萧乾致李辉信札》（浙江人民美术出版社2020年版）中，我看到萧乾对房子的事有一个陈述。他在1992年2月15日写给李辉的信中说："关于我为沈从文家跑房未成功，过一年挨他骂事，有便你可问问张兆和三姐。她是世界上唯一一读过那两封骂我信的人。问问沈究竟为何那样生气。我们二人决裂，确实是一大不幸。我这方面是隐忍到了极点。五七年批我的会上，他把我帮 Allan 编 China in Brief 事说成'与帝国主义勾结'，我也未在意。1961年返京还即去看他。"1994年3月24日给李辉的信中他又写道："我还想有一天写封我对沈从文认识的信。这些，都望你不给人看，更勿公开。"

这是我们在字面上所看到的萧乾方面私人的看法，但对沈从文的真实看法，却不得而知。

记得2018年元宵节在泉州，我有幸与彦火先生在泉州的酒店里会面并交谈。说到萧乾与沈从文，彦火先生说，萧乾病逝前写于1999年的文章《我与沈老关系的澄清——吾师沈从文》，2001年由萧乾夫人文洁若交给他发表在香港《明报月刊》2001年第12期上。

这篇文章成稿于1999年1月30日，是萧乾"在北京医院的病房里零零碎碎写出来的"，他曾叮嘱妻子在适当时候发表。内地报纸《湘泉之友》最早于2001年3月10日刊发此文，《明报月刊》应是发表此文的第二家媒体。

彦火先生于上世纪七八十年代开始从事中国作家研究，采访了大量的文化名人，并以50万字的文学评论集《中国当代作家风貌》轰动文坛。他所撰写的《萧乾与沈从文的师徒恩怨》非常著名，被各方媒体转载，广为传播。他说，萧乾的文学道路，第一位恩师是沈从文。沈从文也欣赏这位勤奋、进取的文学晚辈，写信大都用"乾弟"这个称谓。萧乾写的短篇小说《蚕》，由沈从文细心修改过，把别字誊正了，把虚字去掉，在当时赫赫有名的《大公报》副刊刊登。萧乾后来写道："从那以后，我把别字看成鼻尖上的疤，对赘字养成难忍的反感。"林徽因读了这篇小说后，通过沈从文约见了萧乾。"可见《蚕》是萧乾的成名作"（彦火语）。

1935年7月，萧乾大学毕业，由杨振声和沈从文联合推荐进入《大公报》编文艺副刊，其后兼任旅行记者。

沈从文还把自己的写作心得传授给萧乾："文字同颜料一样，本身是死的，会用它就会活。"后来萧乾以此为底本，对外讲："字不是个死板的东西。在字典里，它们都僵卧着。只要成群地走了出来，它们就活跃了。活跃的字，正如活跃的人，在价值上便有了悬殊的差异。"

彦火说，沈从文还为萧乾的短篇小说集《篱下集》写了《题记》："他（萧乾）的每篇文章，第一个读者几乎全是我。他的文章我除了觉得很好，说不出别的意见。"

在萧乾的文章《我与沈老关系的澄清——吾师沈从文》里，开首便写道："人家都说汪曾祺是沈从文的大弟子，其实我在文学道路上得到沈从文的指引提携，比汪曾祺要早。他是我的恩师之一，1930 年把我引上文艺道路，我最初的几篇习作上，都有他修改过的笔迹。"这里进一步证实了早年沈从文对萧乾在文学上的帮助与提携。

当然，萧乾在文章中也记述了他为沈从文住房奔波的事，但他分析说："我认为他的用意无非是奉劝我这个'摘帽右派'少管他的事。我不相信他真的想申请入党，只不过是用此话来表明，他没有像我那样沦为次等公民，在政治上占我的上风。"

时过境迁，对同样一段话，每个人的理解和分析都有自己的立场和认识误区，包括当事人自己。这段话必须放到特定的时代环境及对话语境中，才能更准确地捕捉到话里话外的意思。沈从文的意思，不一定是萧乾理解的意思。而萧乾认为的意思，也未必是傅光明解读的意思。对于傅光明的解读，另一个学者魏邦良有不同的见解。他记述道：

"1952年，在沈从文在历史博物馆工作两年后，党委书记找沈从文谈话，要他写申请加入共产党。沈从文回答说：认真做事是我的本分。入党我没有资格，还差得远。"

萧乾文章中总结出两人交恶的原因：其一是萧乾在沈从文与丁玲闹翻后，他仍与丁密切来往，没有划清界限。"1983年6月，丁玲大姐被任命为全国政协文化组组长，我是副组长。我们经常在一起开会，谈工作，相处融洽。"（萧乾语）其二是时代与环境使然。1957年鸣放时期，萧乾积极响应号召，写下了一系列鸣放文章，还邀请沈从文给《文艺报》写稿。沈从文一口回绝。萧乾透露，沈从文1957年在文联大楼曾公开批判他，"竟把我（萧乾）协助美国青年威廉·阿兰编了八期的《中国简报》，耸人听闻地说成是萧乾'早在三十年代初就与美帝国主义进行勾结'"。对此，魏邦良的文章写道："解放后的沈从文和萧乾，一个彻底封笔，一个炮制了大量的应景之作，两人之间的分歧自然越来越大，隔膜也越来越深。""1948年，郭沫若给萧乾扣上一顶'黑'帽子，但到了1951年，萧乾就成了'红'人，……对于固守自我的沈从文来说，萧乾的趋时与跟风，他肯定看不惯甚至厌恶。"（《沈从文与萧乾的恩恩怨怨》）

这里还有一个时间节点需要注意，上个世纪40年代末到50年代，沈从文精神和心理陷入了迷狂状态，因承受不了政治压力而多次自杀。第一次自杀时，他选择触电，被儿子沈龙朱救了下来；第二次自杀，先是喝了家里照明用的煤油，继用刀片割自己的手腕，张兆和和堂弟发现及时才避免了悲剧。

1970年，沈从文在湖北双溪收到萧乾的信，复信称呼他为"萧乾同志"；再接萧乾信，复信称呼"秉乾同学"。第二封回信比第一封短得多，第一段即说："望把前信寄还，十分感谢。……孩子们一再嘱咐'病中不宜和人随便通信，免出麻烦'，所说十分有道理！"尽管这一时期，沈从文也创作一些讴歌劳动的诗作，如《大湖景诗草》中的《好八连》，"五七指示尽英明，新屋罗列新农村。人知社会主义好，反帝反修计虑深。八连常称四好连，基建工程事当先。新屋列列丘陵上，身住席棚意气闲。"彼时彼处，诗作中的真情实感或发自肺腑，无可厚非。

萧乾去世前的文章透露："1988年春，《人民日报》记者李辉告诉我，沈老师同意见我。由于李辉要出差，我们商定，他一回来就陪我去崇文门沈老师的寓所去拜访他。没想到，五月间沈从文老师这颗文坛巨星，突然陨落，就失去了机会。""同意见我"似乎是一个信息，为长达半个世纪的风雨师生情画上一个遗憾又还算圆满的句号。

再说点题外话，自2018年"五一"赴湖北咸宁五七干校参观回深后，我一直阅读关于沈从文的书。一个人一生的各个人生节点上，难免因时而变随势而为。但于沈从文而言，不至于变异到完全被"驯服"，否则，早年的他写不出《边城》里那些乡下人的模样，晚年的他也无法执迷于那些瓦瓦罐罐花花草草，成了中国服饰文化研究的奠基人。巴金晚年评价沈从文："在朋友中待人最好、最热心帮忙的人只有你，至少你是第一个。"这是真话。

对于坊间语焉不详的"恩怨"之谜，人们总是咀嚼不停，兴致不减。我在这里喋喋不休，只是因为看到了，认为似乎不该如此，便又想引证点什么。这当然不是什么新发现，只是在不同的文本互读中试图一点点走近真相。所以，看到薛老师说的"因为一点相关的文字而引起对另外相关的书和文字记录的记忆"，觉得此话甚对，这也是读《文人谈》的点滴收获了。

# 到咸宁五七干校访沈从文旧居

深圳北到赤壁北，高铁全程四个小时零七分。赤壁到咸宁，30多公里，驱车一个多小时。无缝对接的话，五六个小时内就可以从深圳抵达咸宁五七干校。

查路线图时，我正看着这样一段文字："1969年冬我被下放到湖北咸宁湖泽地区，过着近于与世隔绝的生活。在一年多一点时间内，住处先后迁移六次，最后由鄂南迁到鄂西北角。我手边既无书籍又无其他资料，只能就记忆所及，把图稿中疏忽遗漏或多余处，一一用签条记下来，准备日后有机会时补改。"在《中国古代服饰研究》后记里，沈从文先生这么写道。

文中所说的湖北咸宁湖泽地区，便是著名的咸宁向阳湖五七干校。1969年春至1974年12月，文化部在此创办咸宁五七干校，原中央文化部系统的6000多位文化人及其家属，分3批先后下放到干校劳动锻炼。因其规模浩大，人数众多，知名度高，影响力巨，向阳湖五七干校成了民间记忆中的文化大师流放地。1998年，咸宁市正式立项建设中国向阳湖名人文化村。

向阳湖五七干校，如今已成了一个"朝圣"景点，很多旅游者慕名前往，力图在一砖一瓦中追忆历史车轮碾过的文化履痕，于今昔对比中感怀前尘以史鉴今。

2018年趁着"五一"小长假，我到咸宁五七干校看看沈从文去。

一

带了一本王亚蓉编著的《章服之实——从沈从文先生晚年说起》上路，车窗外一派葱郁，连绵不绝。

时光倒流回1969年，咸宁的景色，该也是郁郁葱葱。

那一年9月26日，沈从文夫人张兆和随《人民文学》编辑部人员第一批出发前往咸宁。11月，沈从文所属的历史博物馆队伍也依期抵达。这一年，他67岁。

干校分5个大队26个连队，6000多人在这里围湖造田，短则1年，长则达5年。尽管同在干校，因分属不同机构，张兆和与沈从文住地相隔五六里，一个在工地挖沙子，一个则拾干苇，看菜园子。其间沈从文几次搬家，1970年2月，他搬到双溪，后搬到附近的杨堡小学。因患高血压，身体状态并不好。他给张兆和的信中说："万一忽然完事，也极其自然，不足惊奇。那时要大弟或小弟同来收拾一下残局。小弟有了治家五年经验，并且有个家，明白什么需要就拿走，用不着的，就分散给同事中较困难的。"1970年9月18日日记又载："阴雨袭人，房中返潮，行动如在泥泞中。时有蟋蟀青蛙窜入，各不相妨，七十岁得此奇学习机会，亦人生难得乐事。"

　　劳动锻炼中，很多人借诗抒怀，牛汉那一首著名的《半棵树》便在此地挥就："半棵树仍然直直地挺立着/长满了青青的枝叶/半棵树/还是一整棵树那样高/还是一整棵树那样伟岸。"半棵树的原型是冯雪峰，牛汉为他在泥泞地里劳动的身影所感动。沈从文也写诗，如组诗《大湖景诗草》，写劳动写心情写景色，有"茫茫大湖畔，野竹丛杂生。本是蛟龙窟，人多执杖行"。他也记录身边的人，有一则写诗人李季："连长还兼司务长，久停诗笔抓思想。同争改造勤学习，真理永远贴心上。"

　　为此他写信给张兆和："我最近又已写上了新诗七八首，旧形式新内容，有的似还切题"，"不宜成第三次改业依据，则极明显。因为生活深入有一定限度，接触实际面即不广，长久停留在一个点上，只近于走马观花，写到一定时候会枯竭的。"

　　但他惦记的还是北京家里的"一桌文稿"，思来想去，提起笔，给历史博物馆革委会领导写信，要求"回到那个二丈见方原住处，把约六七十万字材料亲手重抄出来，配上应有的图像，上交国家，再死去，也心安理得"。他还说，"我因为一切学习都为了应用，所有常识都是从实践学来，再结合文献作综合分析，这工作分门别类地总结，不仅对于本单位同志搞陈列、说明、鉴定、登记等工作有用，对于编通史、文化史、美术史、工艺美术史，以及许多专题教材的编写，大致都还有点参考价值。"信由北京的儿子沈龙朱转交，但没有结果。

1970年10月10日给张兆和的信中，沈从文提到，"尽可能把廿个（小的约廿个）有关车、马、兵器等等制度发展，用简单散文，一个个写出来，也就够消耗我这有限余生了。"1971年8月，沈从文和张兆和迁到湖北丹江，也就是他文中写的"由鄂南迁到鄂西北角"。

这段时间，沈从文凭记忆写出来的文物方面的小文章竟有20多篇，如：《谈车乘》，探讨古代车乘的变化轨迹；《关于马的应用历史发展》，从石刻、砖刻、出土壁画方面论证马甲、马镫、马鞍等马具的演化线索……后来他对这一批文章自我评价是"毫无学术性，不过是写常识凑合"。

在极端孤寂简单的乡居中，用默记方式，写出此等文物文章，当不是"作了十多年说明员，对事事物物稍微有点'常识'而已"（《谈辇舆》）可为的。

二

抵达咸宁五七干校，是下午3时许。

公路边一座灰色建筑，零星的几个工人正在敲砖运石。一问，是咸宁五七干校纪念馆，还在修建中。沿着公路往前，见指示牌"王六嘴文化名人旧居群"，绿荫下，一排排红砖黑瓦房隐约可见。前一天，咸宁大雨，地上全是泥泞。往里一踩，鞋陷到泥地里，一脚深一脚浅。房子已经空出来，无人居住。每间门前挂着牌子，上面写着"冯雪峰""陈白尘""张天翼""郭小川""严文井""萧乾""牛汉""冯牧"……一共17栋，我继续挨个找，沈从文、冰心的门牌在哪里？

还剩一户人家没搬走。主妇守着门，两个孩子在房前玩耍，看着我们，并不惊讶，估计来参观的人不在少数。主妇说，这些房子20多年前曾卖给农户，每间也就几十块钱，后来被国家列为抢救项目，政府出资回购，住户陆续搬离，他们因条件没谈拢，便搁置下来了。"随便看看，都是文物。"手一指，她的眼睛烁烁闪光。

五六里地外，是咸宁五七干校总部旧址（"452"高地），现在已建成规模不小的陈列室。墙上的资料栏里罗列着五七干校部分学员名单，分"文化部领导""作家翻译家""画家书法家""出版家""文博专家""学者""电影工作者"各栏，在"作家"一栏里，赫然可见沈从文、冯雪峰、冰心、楼适夷、张天翼、孟超、陈白尘、萧乾、郭小川、李季、臧克家等人的名字。

工作人员称，当年这些下放人员居住分散，有好几个地点，除了王六嘴外，还有红旗山、向阳桥、王家寨水库、五七桥、红旗桥、奶牛场……这些房子都是当年他们来之后烧砖盖起来的。阳光下，红色的砖房熠熠生辉，墙壁上砖与砖的衔接精巧雅致，如果不是亲眼所见，断不能相信这是一批"老弱病残"完全非专业的文化人所为。那年咸宁老百姓曾有顺口溜："身穿破棉袄，手戴大金表，走路拄拐棍，三步两跌倒"。可他们砌好建成的红砖房，屹立至今。

干校成了历史产物后，一些从向阳湖走出去的作家纷纷拿起笔写下这段经历，有张光年的《向阳日记》、臧克家的《忆向阳》、郭小川的《楠竹歌》、陈白尘的《牛棚日记》……2000多篇有关向阳湖的诗作和散文随笔，让五七干校那一段时光泛起了别样的光辉。

陈列室墙上，有一个名字分外熟悉——"李城外"。对了，正是他偶然中发现了关于向阳湖的史料，着手收集编著并四处呼吁，才让向阳湖五七干校旧址引起有关方面重视并着手进行保护。工作人员指着几本书的封面说，李城外当时是咸宁市委研究室工作人员，他一直热心于文史资料搜集。1997年，他所编写的《向阳情结——文化名人与咸宁》和《向阳湖文化人采风》由人民文学出版社出版，这是我国最早综合反映咸宁五七干校那段历史的作品。

灰瓦下的红砖墙，坚如磐石，沉默不语。唯有屋顶绿树抽出新枝，在微风中摇曳，令时光流动。50年的光阴已成"文物"。恍惚中，陈列室里那位穿着白衬衣的讲解员，似乎是20世纪50年代初期的沈从文。他曾站在历史博物馆陈列室，对着橱窗内的文物，向参观者一讲就是好几个小时。

三

这个镜头，沈从文的大弟子兼助手王予记得非常清楚。

那是1953年7月，原为志愿军军人的他到中国历史博物馆参观，天气很热，他看完了东朝房，拐进西朝房。在铜镜展柜前，一位穿白衬衣的长者站了起来，走到他身边，指着铜镜挨个给他讲解。一个柜子里展几十面镜子，老人竟一口气讲了二三个小时。关门时，两人相约第二天再来。

如此，王予用一个星期的时间看完了西朝房。这期间每天中午两人到工人文化宫吃一个面包和一根香蕉，有时也到老人家里吃面条。这位长者得知王予刚从朝鲜回来，与老伴多次认真询问巴金在朝鲜的情况。王予很是好奇，后来才得知，这位老人，名叫沈从文。

熟悉《边城》的王予感动万分，回到朝鲜后，他心里一直有个疑问没有解开：为何《边城》小说那么美那么俏，而作者却如此平实，人与小说完全脱节。一直到1979年，调到沈从文身边工作多年后，王予才有勇气询问。沈从文淡淡一笑，答，做人要规矩，写小说要调皮。

正是"规矩"，这种朴素的"乡下人"的个人魅力，使得沈从文后半生身边伴有两名得力的助手：业界笑称"二王"——王予和王亚蓉。两人一直协助沈从文工作至他人生画上句号。

如果说王予与沈从文早就相识并一直联络，20年后调到他身边是顺理成章的事，那么王亚蓉的加入，就是机缘巧合。20世纪70年代，王亚蓉30岁出头，是设计玩偶的美工，后经中国人民大学教授杨纤如介绍，认识沈从文，开始协助他为《中国古代服饰研究》绘图。书里三四百幅图，都是她完成的。后在工作调动中，中国历史博物馆指派她摹古画，王亚蓉不愿让老人寒心，选择了拒绝。一度每个月由沈从文自己掏腰包资助她20元作为生活费。王亚蓉至此兢兢业业，埋头服饰考古工作几十年，连张光直教授都夸她"是在服饰文化领域开展的实验考古学研究"。

说起"二王"，故事很多，有一个与沈从文的老友夏鼐有关。当时夏鼐任中国科学院考古研究所所长，他俩一个讲湘西口音的普通话，一个讲温州口音的普通话，互相串门，各讲各的，虽听不懂，却很开心。可有一次，都听懂了。夏鼐气呼呼走来说，沈先生你不够朋友，挖走了王亚蓉，现在又挖走王㐨。

1985年夏鼐脑溢血去世，沈从文心痛之余，也感到时间的紧迫。他把王㐨叫到身边，每天嘱谈《中国古代服饰研究》增补具体事项。1988年，沈从文因心脏病去世，享年86岁。

这两位半路出家的学生，在沈从文的言传身教下，成了古代服饰研究专家，随后几十年主持并开展了考古方面的重要工作，如复原满城汉墓金缕玉衣，修复阿尔巴尼亚羊皮《圣经》，参与马王堆西汉墓、陕西法门寺唐塔地宫、湖北江陵马山一号楚墓等现场发掘、清理、保护与修复工作，取得了巨大的成就。

四

在咸宁五七干校期间沈从文心心念念的古代服饰研究，源于20世纪60年代初周恩来总理指派的编写中国古代服饰图录的任务，当时叫"中国古代服饰资料"。原计划编写10部，由1964年初夏开始，主图200幅，附图约100种，说明文字20余万，1964年文稿初成；1966年"文革"抄没；1969年沈从文下放咸宁五七干校时予以默写并增补；1971年沈从文自干校返家，被告知图稿经新来的主任重新看过，认为还像个有分量的图书，许多提法较新，印出来可供各方面参考，于是追索被抄之稿；1974年末，始得退还，沈从文自己换补了些新附图，文字做了修改；1975年起"二王"（王㐨、王亚蓉）利用业余时间到沈从文身边工作；1978年沈从文从历史博物馆调入中国社会科学院历史所，提出将"二王"调至身边，尽可能运用和增加了很多新发现的文物资料，使全书增加到25万字。1979年1月最后完稿，更名为《中国古代服饰研究》，先交轻工业出版社，后交人民美术出版社，皆因要跟日本合作出版而放弃，最后交由商务印书馆香港分馆得以出版，完成了一桩心愿。

在沈从文身上，"二王"学到很多治学的方法和态度，以及做人的道理。

沈从文说："不要以为问题小而平凡，值不得注意；就是觉得由唐到清，书上有的是各种记载，想明白它，查查书也就成了，哪还算得是什么问题？其实，所谓不是问题，也许恰恰就是个问题。因为知识若只限于书本，常由于辗转抄撮，真伪虚实掺半，实不大得用。"

拿扇子为例，一把扇子，他既联系历史文献又联系文物，"战国晚期到两汉，一种半规型便面成为扇子的主流。其中以江陵马山楚墓出土、朱黑两色漆篾编成的最为精美。便面一律用细竹篾制成，上至帝王神仙，下及奴仆烤肉、灶户熬盐，无例外地都使用它。"他分先秦、秦汉、三国、两晋南北朝、隋唐五代、宋、元、明、清各个朝代，又从便面进展、团扇进展、尾扇进展、羽扇进展、折扇进展等方面逐一画图，制成了扇子演进表，最后完成了《扇子史话》，2005年由辽宁画报出版社出版。

不单扇子，还有丝绸、锦绣、印染加工、纸张加工、漆器、铜镜、服装……他认为，"这一系列小问题，内容虽不同，性质却差不多，大多只不过是一种常识性的探讨，远远谈不上什么学术水平。只由于业务需要，接触的问题比较杂，因此试就起居服用方面，依据手边所有，或见闻所及，把一些应用器物历史，试为分门别类排排队，做些图解性说明。"

凭着掌握大量古代文献，凭着对几十万件丝绸、玉器、牙器、骨、角的分析比对，在从20世纪50年代末开始的物质文化史的研究中，沈从文提出许多有预见性的推论。这些推论在后来几十年中，被许多不断新出土的文物证实。

对于1968年满城汉墓挖出的完整的玉衣，他早在1953年撰写的《中国织金锦缎的历史发展》中指明，零零散散的长方形玉片就是金缕玉衣的组成部分，同时引用《汉书·霍光传》中的注解作为证据。15年后的地下文物证明了他的判断准确。

关于织金织物，原来的一致意见是始于元宋，但沈从文在20世纪60年代就撰文说始于汉唐。1987年法门寺地宫挖掘，武则天供奉给释迦牟尼的织金锦袈裟中发现捻金丝，再次证明了沈从文的判断。

还有玻璃，夏鼐认为是西方传进来的，但沈从文认为中国有生产平板玻璃的条件，只是因为纸张太好了，丝绸太好了，用它们糊窗户透明度够了，保温性和透气性都好，这些东西的应用限制了平板玻璃的形成。后经过化学分析

52

发现，中国玻璃主体是铅，西方玻璃主体是钠，完全是两个发展系统，这又为沈从文的判断立下依据。

1982年，"二王"赴湖北江陵参加挖掘古荆州马山一号楚墓，80岁的沈从文到现场指导。这次重大考古发掘，沈从文誉之为"打开了战国的丝绸宝库"。在他的引导下，中国社会科学院历史所古代服饰研究室展开了服饰文化领域的实验考古研究，数年后取得重要成果。

考古学家徐秉琨说："处处留心正史、笔记、古今著述、壁画、雕刻、画作、各时代的文物，从文物实证出发，解决不少文物和文献之间的关系，一些文物落实了它们在历史上的名称、用途、用法，一些历史上的制度也得以从文物上给予还原。"这是对沈从文文物研究最中肯的评价。

## 五

沈从文一生中学生众多，除了后半生的"二王"外，前半生的一些学生也很著名。在咸宁五七干校总部旧址所陈列的下放名单中，有两个学生的名字煞是显眼：一是画家范曾，一是作家萧乾。

坦白讲，我对萧乾与对范曾的感觉，完全不同。从某种层面上讲，他们都是沈从文的学生。

到去世前，萧乾还一直称沈从文为恩师。萧乾的成名作《蚕》，是沈从文把别字改正了，把虚字去掉，细心修改过的。萧乾的短篇小说集《篱下集》，沈从文亲自为其写了"题记"。他俩还联名出版了文艺书信集《废邮存底》。至于后来他们之间的小小误解，在我看来根本谈不上"恩怨"二字，不涉及道德，无关乎人品，只是大环境中为人处事的方式不同，比如，萧乾与丁玲的亲密关系，等等。萧乾1999年病逝，生前写了文章《我与沈老关系的澄清——吾师沈从文》，分析了他们之间的误解与时代、环境相关的原因。2001年萧乾夫人文洁若把文章交给彦火，于香港《明报月刊》发表，世人读之唏嘘不已。

但对范曾而言，沈老与他完全可用"恩怨"二字描述。早在20世纪60年代，沈先生就曾有过一套辅助他研究的绘图班子（历史博物馆配助手陈大章、李之檀和范曾）。他们将当时选取的无法直接用照片呈现的文物，在研究的基础上勾画出来，便于辅助文字讲解。沈从文曾给当时年轻的范曾很多宝贵的指引和建议，但范曾的表现令人吃惊。这里有王亚蓉的亲眼所见为例——

1975年夏，沈从文带王亚蓉到历史博物馆，美术组有个人在画诸葛亮像。沈从文说，不要照这刻本上摹，这巾不对。你是代表国家博物馆在画，要研究一下当时纶巾的样式……不料，那个人说，你不要在这里指指点点，你那一套行不通了。"先生气得面红耳赤。再也不愿提这个人。"画诸葛亮像的人便是范曾。这一事实已广为传播，但至今范先生依旧否认。

惜墨如金的王亚蓉是亲眼目睹的证人，她在《章服之实——从沈从文先生晚年说起》里还原了这个细节，并说："借这篇小文我替沈先生述说这个经历，为鸣不平。人在任何时候有些事情都是不该忘却的。"其实她想写的还有丁玲。1978年11月，沈从文夫妇在北京友谊宾馆散步，碰到丁玲夫妇，互相寒暄了几句。可是到了1981年，丁玲在湖南文联公开讲演时却指名道姓称沈从文是反动作家。王亚蓉接受不了，沈从文制止她，让她不要写，"她那么大年龄了，又有病，随她去吧，她这些年也没少受罪。"王亚蓉无奈地认识到："我在沈先生身边工作，如果不知轻重地写出什么不妥的话，沈先生可能又要被人冤枉。"

## 六

五七干校期间，在双溪、丹江两地，沈从文共创作旧体诗32首，收录在《沈从文全集》第15卷的《云梦杂咏》《文化史诗钞》《喜新晴》等旧体诗辑中。他试图进行"一种新的突破，必须突破前人也不断突破自己！这比过去写一二本小说有意义多了。我知道，我还可望在这个工作上，作出不少新的试探。"但是，终究没有突破下去。

1980年，美国学者金介甫到北京访问沈从文，他更关注的是沈从文前半生的文学创作。在三个月的采访中，沈从文对金介甫说，自己值得研究的还是1929年以后的作品，"一九二九年到一九三七年，我的文字成熟期，精力多，写得比较多"。1934年完成的《边城》，是他牧歌式小说的代表，也是小说创作的一个高峰。

而早期的作品，尽管很多，却是他一方面应付生活，一方面练笔所为，"底子不好，中学都没念过"。所以讨生活阶段所写的许多作品，几十年后他都忘了。他说："我不大看得起我的写作，因为我都把它当做习作，练习本，过去就过去了，不大看得起。"

1948年，沈从文开始受到左翼文化界的猛烈批判，此后，工作重心开始转移到文物研究。1987年、1988年沈从文入围诺贝尔文学奖提名。

"2002年年底，在张兆和、沈虎雏、王㐨等人的努力下，32卷本《沈从文全集》出版，其中400万字在作者生前未曾刊发，且多为1949年后所写：9卷书信中有8卷写于1949年之后。"（张新颖语）由此，学者张新颖发愿为沈从文的后半生立传，"沈从文的世界这才得以完整地呈现出来"。

很多研究专家和学者把沈从文的一生分为两段：一是文学的前半生，二是文物的后半生。也有很多人至今为他打抱不平，认为他后半生被迫转向是无奈之举，从而荒废了本可以贯穿一生的文学圆满。但沈从文的得意学生汪曾祺曾回忆："我在昆明（西南联大）当他的学生的时候，他跟我（以及其他人）谈文学的时候，远不如谈陶瓷、谈漆器、谈刺绣的时候多。他不知从哪里买了那么多少数民族的挑花布。沏了几杯茶，大家就跟着他对着这些挑花图案一起赞叹了一个晚上。"

因了"文"，前半生有"作"之"调皮"；因了"物"，后半生有"研"之"规矩"。沈从文的两个半生在历史上都是辉煌的。他，是获诺贝尔文学奖提名的小说家沈从文；他，更是中国服饰文化研究的奠基人沈从文。

夕阳西下，向阳湖暮色渐浓。眼前一大片开阔的土地，在咸宁五七干校解散几千人先后离开后，这里成了一片奶牛良种场……2013年3月5日，国务院批准将"向阳湖文化名人旧址"列入第七批全国重点文物保护单位。这是全国第一个被列为国家级文物保护单位的五七干校。

坐上高铁回深圳，一路向南，猛然发现，2018年5月10日，正好是沈从文逝世30周年。

# 从《清华园日记》看季羡林几处记忆偏差

这些天，看《清华园日记》，是季羡林1932年至1934年在清华大学上学时所写的日记。这本著名的日记自辽宁美术出版社2003年初版后，近二十年来，由多家出版社多次出版，如2009年外语教学与研究出版社出版过，2015年人民文学出版社出版过，2018年东方出版中心出版了校注版全本。再读，还是意味多多，正如季羡林2002年在日记准备出版时说的："日记是写给自己看的，什么样的思想，什么样在人前难以说出口的话，都写了进去。这些话是不是要删掉呢？我考虑了一下，决定不删，一仍其旧。"

对照日记，我发现季先生有几处记忆出现偏差。不知是季先生因"一仍其旧"故，不改而特意保留原错呢，还是后来记忆不可靠而张冠李戴？这里列上几例，以满足自己侦探般发现蛛丝马迹的读书之乐。

一

季羡林写过一篇文章《沈从文先生》，有怀念沈先生的意味。当中有一段文字交代当年他们相识的缘由："我同沈先生打交道，是通过一件不大不小的事情。丁玲的《母亲》出版之后，我读了觉得有一些意见要说，于是写了一篇书评，刊登在郑振铎、靳以主编的《文学季刊》创刊号上。刊出以后，我听说沈先生有一些意见。我于是立即写了一封信给他，同时请求郑振铎先生在创刊号再版时，把我那一篇书评抽掉。也许就是由于这一个不能算是太愉快的因缘，我们认识了。我当时是一名穷学生，沈先生是著名作家。社会地位，虽不能说云泥之隔，毕竟差一大截子。可是他一点儿名作家的架子也不摆，让我非常感动。他同张兆和女士结婚，……我居然也被邀请。"

当年季羡林撰写书评并不是针对丁玲的《母亲》，而是丁玲的《夜会》。

1933年11月8日记道：

> 今天整天都在沉思着《夜会》的书评，一抬头，就使我感到困难。
>
> 晚上终于硬着头皮把《夜会》的评写完。

1934年3月6日日记写道：

> 看到沈从文给长之的信，里边谈到我评《夜会》的文章，很不满意。这使我很难过，倘若别人这样写，我一定骂他。但沈从文则不然。我赶快写给他一封长信，对我这篇文章的写成，有所辩解，我不希望我所

崇敬的人对我有丝毫的误解。

3月10日又记道：

> 今天接到沈从文的信，对我坦白、诚恳的态度他很佩服。信很长，他又劝我写批评要往大处看。我很高兴。

可见，后来季羡林的文章《沈从文先生》提到的书评应该是丁玲的《夜会》，他错记为《母亲》了。不是日记有误，而是记忆有误。晚年时助手姜德贵协助季羡林做口述史，谈及此书评，季老还坚持说，"《文学季刊》上我写的第一篇书评是评丁玲的《母亲》。""我对丁玲就是那么个印象，拿胡也频做手杖，没有好印象。她的《母亲》也是，一年土，二年洋，三年不认爹和娘。"

## 二

因沈从文不满意季羡林评《夜会》的文章，季羡林写了一封信给他，同时请求郑振铎先生在创刊号再版时，把他所写的那一篇书评抽掉。事实上，书评被抽掉不是他的提议，而是巴金先生主动拿掉的，为此他们还发生了一些纠纷，被称为《文学季刊》抽稿事件"。

在《清华园日记》里，校注者叶新有很详细的记载。1934年1月1日，《文学季刊》创刊，登载了季羡林一篇书评，对作家丁玲1933年6月出版的短篇小说集《夜会》有所批评（这个出版时间在几个资料上有出入），是书评编辑李长之约的稿子。该创刊号告罄之后马上再版，巴金不经编委会的同意抽掉了这篇书评，引起了李长之和季羡林的不满。主编之一的郑振铎和朱自清也认为巴金的做法欠妥。李长之甚至退出了《文学季刊》编委会，转而筹办自己的《文学评论》杂志。不仅于此，李长之、张露薇和巴金还在报纸上打起了嘴仗，引起了郑振铎的不快。这些在季羡林的日记中都有记载。

在1934年3月26日的日记里，有如下记载：

> 因为抽稿子的事情，心里极不痛快。今天又听长之说到几个人现了原形。巴金之愚妄浅薄，真令人想都想不到。我现在自己都奇怪，因为自己一篇小文章，竟惹了这些纠纷，惹得许多人都原形毕露，未免大煞风景。

可见，人的记忆是多么靠不住。胡适在《胡适之先生晚年谈话录》中跟他的秘书胡颂平也多次提到，记忆靠不住，所以，许世英的回忆录错误太多，无从说起。

## 三

季羡林说由于这一个不能算是太愉快的因缘，他和沈从文认识了。事实也不准确。早在1933年年底，他们因文章往来已有所交集。

1933年12月26日季羡林记道：

> 长之把我的《枸杞树》寄给沈。他信上说接到了。我仿佛有一个预感，觉得这篇文章不会登，不知什么原因。心里颇痛苦。

12月27日又记之：

> 今天《枸杞树》竟然登出来了。不但没有不登，而且还登得极快。……前几天，长之告诉我，沈从文很想认识我，我怎好去见他呢？——居然登出来了，万事皆了。

从日记可以看出，书评抽稿之前，他俩已经相识了。

## 四

因了《文学季刊》抽稿事件，甚至牵出巴金、沈从文，还有郑振铎等，不免好奇季羡林的文章如何评论，以致各方反响剧烈。其中本为好友的沈从文与丁玲，后来甚至反目成仇，也让人唏嘘不已。

在《清华园日记》附录中，可以看到季羡林登于《文学季刊》1934年第一卷第一期的书评，文章中写道："最近又读到她失踪前不久出版的《夜会》，在这几部书里，有她的全人格的进展的缩影。""在某一个时候，丁玲也实在被革命气息陶醉过，但是她仍留在原来的地方，不向前动一动。自己做些美丽的富有诗意的梦，她微笑着满足了，也许她也有'来了'之感罢。""就这样，无论穿的是旗袍或马夹，穿的是蓝布裤褂；但是，她还是她，转变也只是转变了衣服。"

以这个时间推算，书评发表应该是丁玲被捕失踪期间。

沈从文结识丁玲是在1925年的北京，沈从文是胡也频的好朋友，丁玲与胡也频一见钟情，三人结下深厚友谊。1927年后他们同到上海，创立"红黑社"。1931年初胡也频被捕、牺牲，沈从文作《记胡也频》以示悼念。1932年丁玲有了新的生活伴侣冯达。1933年5月14日丁玲在上海昆山花园路家中被秘密绑架，1933年10月她的短篇小说集《夜会》出版。丁玲被捕后，沈从文全力营救，并发表了两个营救声明。讹传丁玲牺牲后，沈从文又写下《记丁玲》和《记丁玲续集》："（丁玲）这个作家生来如何不辜负自己的日子，如何爽直，勇敢，活泼，热情……她哭过，笑过，在各种困苦危难生活里将一堆连续而来的日子支持过，终于把自己结束到一个悲剧里死去了。"鲁迅先生也强烈关注此事，他写了《悼丁君》，并呼吁良友公司尽快出版丁玲的小说《母亲》。

《夜会》是短篇小说集，由现代书局出版。《母亲》是以丁玲亲生母亲余曼贞为原型，由良友公司出版。这是丁玲所著的两本不同的作品。

季羡林在1934年1月所发表的书评，一己之见或许言之有理。但在丁玲不知生死的情境下，该文发表显然是不合时宜的，难怪沈从文不满意，巴金也将文章一举拿下。

有意思的是，50年后，78岁的沈从文想不到76岁的丁玲写了痛骂他的文章，文章刊登于1980年第3期的《诗刊》上。文中称沈从文为"贪生怕死的胆小鬼，斤斤计较个人得失的市侩，站在高峰上品评在汹涌波涛中奋战的英雄们的绅士"，称《记丁玲》为"编得很拙劣"的"小说"。

风云际会中历史的恩怨无人可以说清辨明，就像20岁出头记《清华园日记》的季羡林，并不知道晚年等待他的家变会引发多少故事。而这些缠绕成团的罗生门哪怕在他逝世十年后，甚至在他儿子季承也作古之后，依旧剪不断理还乱。

仅就记忆偏差与否这一项，幸好还有日记"一仍其旧"，可以让我们穿越岁月的迷雾，稍微廓清一些枝蔓，让细节还原，历史显真。

第二辑

# 江海之浸，膏泽之润

## ——由《胡适之先生晚年谈话录》想到

"真正的历史都是靠私人记载下来的。"胡适生前说过的话，身后由自己印证。

《胡适之先生晚年谈话录》（下称《谈话录》）是胡适的秘书胡颂平在胡适生前最后四年（1958年至1962年）侍奉于左右，像学徒、助手、小友，又像是记录言行的史官……悄悄记录的胡适对事对物对人的反应和评论。因其"私下言谈，更少顾忌"（贺卫方语），多人视其为了解胡适真性情的重要史料。

时隔几年我再次捧读，在《谈话录》中重新发现了一些蛛丝马迹，比如胡适对李敖文章《播种者胡适》的评价，胡适不喜欢黄庭坚，胡适认为许世英回忆录不可靠，又比如胡适对散文骈文的区分，对代词虚词的禁忌……

为这些疑问寻找答案，联想，发现，佐证……不管最终能否自圆其说，本身就是一个不断更新和修正自己看法的过程，煞是有趣。

# 胡适说李敖的《播种者胡适》是借题发挥

在《谈话录》中，胡适多次提到写文章态度要严正，批评也有批评的风度，切不可流于轻薄。他提到某君写了27000字的长文，他看了，还是看不懂。胡颂平在记录中没有点名。

1961年12月《文星》杂志登了李敖的《播种者胡适》。

李敖在文章中写道："我们只消肯定他在文学革命的贡献、新文化运动的贡献、民主宪政的贡献、学术独立和长期发展科学的贡献，我们就可以'论定'他对我们国家走向现代化的贡献了，在上面的一系列的肯定里，我必须抱歉我没有肯定胡适在学术上的地位。我不承认在严格的尺度下，胡适是'哲学家'和'史学家'，我宁愿承认他是一个褪了色的诗人、一个落了伍的外交家、一个最卓越的政论家、一个永不停止的真理追求者。""以他唱重头戏的地位，四十年来，竟把文史学风带到这种迂腐不堪的境地，脱不开乾嘉余孽的把戏，甩不开汉宋两学的对垒，竟还披着'科学方法'的虎皮，领着'长期发展"科学"委员会'的补助，这是多么不相称的事！"

李敖又认为胡适之是一个寂寞的人，在人生大节上，胡适有他自己的新"儒行篇"，他自始至今不信权威，不信教条，不信圣人之言，不信"旧道德的死尸"，不信两千年前空洞的旧经典能解决20世纪复杂的新问题。在这生化转变的大世界里，日新月异的新时代里，胡适始终在变化的环境里维持他的人格、观点和气焰。

这些表述在李敖一以贯之的"毒舌"中算是最高的褒奖和评价了。

1962年1月2日的记录中，胡颂平问胡适怎么看。胡适说，在我的年纪看来，总感得不够……他（李敖）喜欢借题发挥，他对科学会（研究院下属一个研究机构）不够了解，何必谈它。要记得，做文章切莫要借题发挥。

这一年，李敖26岁。而几个月后，71岁的胡适却心脏病发作去世。

在此之前，坊间流传着胡适对李敖有千元之恩的逸事。李敖在《自传与回忆》中，有这样一段自述，说他当年考入台大历史研究所，在给学者姚从吾做"讲座助理"时，因研究所拖欠助理人员薪水，他深受其害。于是，就写信给胡适，向他抗议（因为胡是负责人）。"使我个人不好意思再向姚先生借钱，使我三条裤子进了当铺，最后还不得不向您唠叨诉苦，这是制度的漏洞还是人谋的不臧我不清楚，说句自私话，我只不过是不希望'三无主义'在我头顶上发生而已。"

胡适收信后，立即回信：……现在送上一千元的支票一张，是给你"赎当"救急的。你千万不要推辞，正如同你送我许多不易得的书我从来不推辞一样。你的信我已经转给科学会的执行秘书徐公起先生了。他说，他一定设法补救。祝你好。

1958年胡适就任台北"中央研究院"院长，就职演讲后，李敖第一次与胡适见面。之后，他们有过一次长谈、三次小谈和数次书信往来。而胡适借给的1000元，李敖还没来得及还，胡适就逝世了。

李敖后来写道："在他送了我一千元后，我觉得受之有愧，决定一九六二年三月十二日以前还他。到了二月，钱一直没着落，我心里很急，不料二月二十四日他突然死了，我真的'如释重负'，我想起《胡适留学日记》中'借一千还十万'的故事，我后来虽没还他十万，但对胡适思想的流传，从写《胡适研究》、《胡适评传》、《胡适与我》到编《胡适选集》、《胡适语粹》、《胡适文存外编》、《胡适给赵元任的信》等等，倒是尽了'还十万'式的努力。"

据说2005年李敖在北大演讲时，曾捐款20万元，意在为胡适在北大立一座铜像，后来此事不了了之，令李敖颇感遗憾。

2018年1月人民文学出版社出版了《李敖自传》，2018年3月李敖去世。8月17日上海书展《李敖自传》读者分享会上，李敖的儿子李戡说，我可以很负责任地讲，父亲一辈子，真正对他影响最大的老师和朋友就是胡适，这是毫无疑问的。《李敖自传》第126页，我父亲专门写了一节"选择了胡适"。文中说，他们那一代人到台湾以后感到苦闷，他自然接近了胡适，"在我历经了左派、右派、国粹派的长期混乱中走出来后，最后只有胡适了"。胡适对我父亲最大的影响是近代史，特别是近代史的治学观念，大胆假设，小心求证。几年前，我和他去济仁所，旁边就是胡适的墓。我父亲一般是不去参观墓地的，但那次他端详了许久，弯腰看着胡适墓碑上面写的每一个字，那个画面我终生难忘。

李敖一生狂放不羁，有人统计他共骂了3000多人，但推崇的只有胡适。

想起另外一个例子，梁漱溟1921年写成《东西文化及其哲学》，批评声不绝。胡适批评梁漱溟在书中自信太过或武断太过，不觉流为刻薄的论调不少。傲气的梁漱溟对这些声音都置之不理，因为"很少能从这许多批评里，领取什么益处或什么启发"，但他只听了胡适的意见，并做了唯一的回应。


## 胡适多次提到不喜欢黄山谷


在《谈话录》中，胡适多次提到不喜欢黄山谷。

比如，别人送他钱锺书的《宋诗选注》，他说钱锺书中文好英文也好，大概是根据清人《宋诗钞》选的，其中黄山谷选了四首，王荆公苏东坡的略多。他又说钱锺书没有用经济史观来解释，故意选有社会问题的诗，不过他的注确实写得不错，可以看看。这是在《谈话录》中他第一次提到黄山谷。

接着，有一次他又说"黄山谷的《黄龙心禅师塔铭》，写得清楚明白"，算是难得的一次肯定。

又有一次，他说金朝王若虚在他的《慵夫集》大骂黄山谷，只有他一个大胆地批评。

⋯⋯⋯⋯⋯⋯

黄山谷，即黄庭坚，北宋著名文学家、书法家，与张耒、晁补之、秦观都游学于苏轼门下，合称为"苏门四学士"。生前与苏轼齐名，世称"苏黄"，著有《山谷词》。

我很纳闷一向温和有度的胡适，为何与一位相距一千多年的著名诗人过不去，不喜欢的理由是什么？

胡适最不能容忍的是人的愚蠢，但黄山谷可是天才。他七岁就作《牧童诗》："骑牛远远过前村，短笛横吹隔陇闻。多少长安名利客，机关用尽不如君。"八岁又作诗送人赴举："万里云程着祖鞭，送君归去玉阶前。若问旧时黄庭坚，谪在人间今八年。"他与舅舅李常对对子，李常出上联：桑养蚕，蚕结茧，茧抽丝，丝织锦绣。他当即对出下联：草藏兔，兔生毫，毫扎笔，笔写文章。放到今天，此等才情也少人可比。

胡适看重"文章第一要做通，第二要有力量，第三要做美"，黄山谷在学理上也可圈可点。比如，他的诗以杜甫为学习对象，提出了"点铁成金"和"夺胎换骨"的诗学理论。同为宋代大诗人，他与苏轼又大不同，苏轼作诗以气运笔、放笔纵意，师之者极少，未能形成流派。黄庭坚的诗法度严谨，说理细密，其追随者很多。他所倡导的江西诗派"要字字有来处"，还提出诗的"句中眼"；重视句法章法，其《奉答谢公定与荣子邕论狄元规孙少述诗长韵》诗便言："无人知句法，秋月自澄江。"也因此，以他为代表的江西诗派成员重视文字的推敲。

胡适说王若虚敢第一个批评黄山谷，但看王若虚的文章，他批评的人不在少数。在《论语辨惑》中，他对宋儒尤其是朱熹的解经提出了批评，认为"圣人之言，亦人情而已。而宋儒所解，则揄扬过侈，牵扯过甚，故作高深"。在《史记辨惑》中，对司马迁的行文叙事，也多有指责。

若从为人的角度看，胡适与山谷道人毫无违和之处。如行孝，黄庭坚母亲病了一年，他日夜照顾，衣不解带，及死，筑室于墓旁守孝，哀伤成疾几乎丧命；胡适不抗母命，故摒弃爱情与包办婚姻的小脚太太厮守一生。又如淡泊名利，黄庭坚出任朝廷官职，受诬陷，不以贬谪介意；胡适几经政海波澜，不苟附进。再如讲学不倦，黄庭坚为人师表，凡经他指点的文章都有可观之处；胡适帮助同侪，提携后进，资助林语堂等人国外读书，帮助梁实秋译完《莎士比亚全集》。甚至在书法上也神似，黄庭坚作草全凭心悟，以意使笔，大开大合；胡适下笔流畅，不拘一格。

故只能从文学理念不同着眼。胡适不喜欢用典，不拘泥出处，不事雕琢，连对自己喜欢的苏轼，也苛责其"文比诗好，他的诗喜欢用典，书读太多了"。这与"一字一句，必月锻季炼，未尝轻发"的黄山谷确实有着云泥之别。从这个层面讲，胡适不喜欢黄山谷也就不足为怪了。

## 胡适多次说口述历史不可靠

谈起许世英的回忆录，胡适曾跟李宗侗说，要指出他的错误，太多了，无从谈起，而且也没工夫一件件把它改正。"看了这个《回忆录》，可见口述的历史多么不可靠。"

台湾学者蔡登山曾撰文说，1936年间，胡适过东京，晤及当时台湾任驻日大使的许世英，便曾劝他写回忆录。1961年1月份起，许世英的回忆录由他口述，冷枫笔录，开始在《人间世》月刊上连载。胡适是具有历史的考据癖的人，他认为《许世英回忆录》"将来定有人视为史实"，其中错讹之处，他要负责为之纠正。

事实上，胡适把《许世英回忆录》的前5期请秘书王志维交给金承艺代为查考史籍，之后又把金承艺的回信送给台湾大学历史系教授李宗侗看。李宗侗是高阳相国李鸿藻的孙子，熟悉清一代掌故。同时胡适写了封信给许世英，并将金承艺、李宗侗给他的信，请人清抄了一份附上。

《谈话录》中没有信的内容，蔡登山的文章中也没有附录。我后来查资料，发现胡适在1961年4月30日确实写了这封信，提出两点质疑——

> 儁老：
>
> 　　我在医院住了五十多天，已于四月廿二日出院了。现在还不敢出门走动，只能写这短简问候起居。《人间世》上发表的《回忆录》已读了四期了，有两点要请您指教：（一）当时刑部的"法律大家薛叔耘先生"似是长安薛允升尚书之误？薛叔耘是无锡薛福成，似够不上"法律大家"。薛尚书字云阶，是当代法律大家，著有《唐明律合编》等书。不知是此公吗？（二）《回忆录》中两次提到满尚书"老珣王"，朋友们都不知是谁。倘蒙提示，至感。匆匆敬祝大安。

许世英在发表回忆录时，已年届八十有九。记忆难免失真，叙事更难免有错误。对于他所口述的有关史实，需要代笔撰写回忆录之人多多费心查核订正，否则就难免出错。

信发出去后，有一天胡适问胡颂平，许静老（许世英，字静仁，故称许静老）接到我的信后会不开心吗？胡颂平回答，他的回忆录别人会当历史看的。先生告诉了他错误的地方，照理只有感谢，不会见怪的。胡适又说，记忆真不可靠。有许多国外小说我都已看过的，但后来一点印象都没有。

1961年8月24日，胡适又有感而发，感叹记忆真不可靠。他以自己的故事为例，"昨夜雪屏来，我还对他说，三十七年冬（1948年）我在北平撤退时，只带了三部书，一部是《乾隆甲戌脂砚斋重评石头记》，一部是《陶渊明集》，一部是钱牧斋的《杜诗笺注》。你看，这部《陶渊明集》是三十八年（1949年）我在上海时人家送我的；这部钱牧斋笺注的《杜诗》，也是三十八年春天在上海花一万金圆券买的。两书上面都有我的记载。我都记错了，以为是三十七年冬天带出来的。昨天我还是这么说。今天因盖印的关系想起这两书，才发现记忆的不可靠。"

撰写回忆录或是做口述实录的人不少，著名学者唐德刚在采访胡适之前，会将胡适的有关著作如《四十自述》、《藏晖室札记》、历年日记及其他零星散文进行择要整编，然后拟定大纲，确定访谈内容，从而避免访问时的盲目性与无序性。所以，他撰写的口述历史比较扎实可信。

胡适也一再强调，做研究工作绝不能别人代查，就是别人代为查出来的资料，也要自己来校对一遍。

他提到小说《风暴十年》中的情节"甲午战败，八国联军进北京"时甚至说，"这位作者会编造历史，该打手心。"1894年甲午战争爆发，1900年八国联军攻进北京，两者时隔六年。小说作者区区十几个字的表述，难免让历史产生了错接。这是胡适认为作者"该打手心"的理由所在。

能入胡适法眼的，也有。台湾《民主潮》杂志上登有署名"韵笙"的文章《论思想或观念的僵室和简化》，胡适说，这是近年来很少见的一篇用功构思、用全力作文造句，全篇没有一个草率句子的大文字。他用红笔在标题上一勾一画，改成"论思想的简化"。他甚至特意写信给杂志的主编打听作者，表达他的敬佩和欣赏。后来才知道作者是台湾政治大学研究所毕业的徐传礼。

## 胡适认为从三国末到唐朝有很多文章是不通的

对胡适，我们说他是五四新文化运动的先驱，对白话文学的贡献卓越。在《谈话录》中，多处可以看到胡适对白话文的一些表述。

有一天，有客人带了歌词求见。胡适看了之后说，要注意思想，而非辞藻。白话没有什么辞藻，干净的白话是很雅致的。

又有一天，胡适用日本鹫尾顺敬的印本，校正了胡颂平抄录的《唐中岳沙门释法如禅师行状》后，谈起这篇文章的不通。他说，从三国末到唐朝，有很多文章是不通的，因为活的文字已经死了，用死的文字来写活的语言，很少能做通的。

活的文字与通的文章，《谈话录》中胡适多次提到。有一次，有人写了一篇寿序，胡适看出很多毛病，对胡颂平说，文章分散文、骈文。所谓散文，就是古代的白话。骈文是用典做代词的，在散文里用代词是犯忌，因用代词，就不说老实话。骈文还喜用对子，在散文里是不得已才用对子的。韩退之的古文运动，就是要恢复古代的散文，古文经过了春秋战国，到了秦朝有一千年的历史。那时候的语言是活的语言，它用的虚字不错，文法也不错。如《论语》里"夫子之求之也，其诸异乎人之求之欤"，这一句十个虚字，可以说是最精密的记录。《诗经》里"俟我于著乎而，充耳以素乎而，尚之以琼华乎而"，也都把虚字记之。从夏商以来，到十五国风都是。周朝是西方来的，叫西土之言。到小雅，有一部分民歌，还可看懂；但到了大雅、周颂，都是统治阶级的语言，没有把虚字记录下来，虚字略掉了就看不懂了。骈文也把虚字去掉，所以六朝隋唐的碑文，多有不通。古文运动把《孝经》《论语》《孟子》当教科书，每个人都经过训练，恢复周秦以前东方语的标准，叫作古文运动。

同样的意思《谈话录》中多次出现，体现了胡适一以贯之的散文白话观。

当年胡适在上海时，清华闹学潮，有人请胡适出任校长，他向北京回电报："干不了，谢谢。"举此例时，胡适为白话的简洁明了得意不已。这让人联想到张允和给沈从文拍电报，用了一个双关的白话"允"字，既表明父母同意沈从文与妹妹张兆和的婚约，又是允和的名字落款，一当两用，从而成了文坛中传为美谈的"半个字的电报"。

说老实话，写干净文，这条标准放在今天照样适用，又有多少人可以达标？

## 一个日常化的胡适因"口述实录"而立此存照

胡颂平读《论语》，发现里面讲的很多道理在胡适身上得到印证。胡适说，大概是因为他看《论语》多受其影响的缘故。胡适手头的《论语》有多个版本，《圣经》也有几十个版本。

有意思的是，《谈话录》在大陆也有多个版本。

我最早留意的《谈话录》是三辉图书版，后来一查，发现早在1993年就由中国友谊出版公司引进出版，书封红底上有胡适的谈话照片，生动传神；其后，是三辉图书于2006年10月以新星出版社的书号出版，白底书封上印着胡适晚年像，淡雅朴素；到2014年8月，三辉图书与中信出版社再次合作出版，黄褐色的封面上，右为胡适侧身照，左印胡适手迹，书名烫金左竖排，右下是繁体白字"适之"，凝重丰满；到2016年1月中华书局出版《谈话录》（典藏本），深蓝布绒底浮现白字书名，该版实体书未能见到。

胡适去世后，胡颂平经过十几年搜集、整理、考订胡适一生的行止著作，完成了300多万字的《胡适之先生年谱长编初稿》，被余英时称为"中国年谱史上一项最伟大的工程"。

编完《胡适之先生年谱长编初稿》，胡颂平发现最后四年篇幅过重，几占全谱三分之一，遂抽出部分内容，编成《胡适之先生晚年谈话录》，1984年由台北联经出版公司首次出版发行。这四年的谈话内容，小到一个字的读音、一首诗词的字句，大到国际局势的演变、社会环境的改变，从侧面体现了胡适日常生活状态、晚年的思想和智慧。

里边提到大量的生活琐事，我参照《胡适日记》，信手列出"一二三四五六七"若干有趣的例子。

一、一个藏书印。胡颂平看胡适南港住宅里的藏书没有藏书印，便想送他一块牙章，请台静农刻字。胡适想了想答应，说，就用"胡适的书"四个字，字体用隶书，不用篆字，叫人一看就能认得。

二、两样收藏之外的收藏。坊间笑谈胡适一生收藏两样东西，一是火柴盒，一是荣誉学位，可胡适说他真正收藏的是世界各国怕老婆的故事。他发现只有三个国家没有怕老婆的故事，一是德国，一是日本，一是俄国，因此他又得出结论，凡是有怕老婆故事的国家都是民主自由的国家，没有怕老婆故事的国家都是独裁或是极权的国家。

三、"三上"。欧阳修的马上、枕上、厕上，在胡适一生中颇为适用。胡适的文章多在"三上"构思。每晚睡前，如没有睡意，他就背杜甫的《秋兴》八首，还有《咏怀古迹》五首。

四、四十止酒。40岁时，江冬秀给胡适戴了一个"止酒"的戒指。人家一劝酒，他把手一扬，太太的命令，酒就不必喝了。

五、与胡适有关的数字五。选两个例子说明：其一是著作《五十年来中国之文学》为上海《申报》50周年纪念册而作，鲁迅评之"警辟之至，大快人心"。其二是1950年，他的儿子胡思杜在《大公报》发表文章《我的思想总结》及《对我父亲——胡适的批判》，痛斥胡适为反动阶级的忠臣及人民的敌人。胡适在剪报前批注，儿子思杜留在北平，忽然变成了新闻人物。

六、对于"六十耳顺"这个民间俗称，胡适指正"不可解释为听好话"，而是人到了这个岁数，对于任何话任何事，都能宽容待之。哪怕是逆耳之言，也有容忍的涵养了。

七、到了70岁，胡适希望有资格退休了，可以造一座学人住宅，有些客人可以不见了，有些事可以不做了。每天上下午能有三四个小时坐下来写东西，那样，写的东西就多了。

…………

一个日常化的胡适因"口述实录"而立此存照了。

胡颂平悄悄记录后，忍不住告知胡适。胡适顿了顿，说："你还是当我不知道地记下去，不要给我看。将来我死了之后，你的记录有用的。"

书出版前，毛子水为书作序，序文写道：颂平这书，和爱克曼的书（指德国爱克曼的《歌德谈话录》）实有许多相似的地方。一、中国的胡适和德国的歌德，才性虽不完全相同，但两人对于国家文化的影响则极相似。二、这两个谈话录所记的都是他们两人晚年的谈话。三、颂平对于胡先生，和爱克曼对于歌德，非但身份关系相同，相互的信任亦相同。从爱克曼所记的谈话录可以看出歌德老年时的智慧；无疑从吴颂平所记的谈话录，亦可以看出胡先生老年时的智慧。这一点我是充满信心的。

《谈话录》无疑是胡适晚年真实的个人史。很多人认为，晚年的胡适，思想趋于平庸，学术的生产力日渐下降，《谈话录》除对他整个生平的了解有帮助外，别的意义不大。

不由得想起，胡颂平与胡适面对面有"江海之浸，膏泽之润"之感，胡颂平于1988年离世，30多年后的今天，我等后辈翻读此书，依旧在深切地分享着同样的感受。

如此，足矣。

# 胡适与梁启超

家里有一套《胡适全集》，没事我就翻胡适先生的日记看。

胡适对自己的日记体例有几条标准：一是读书的札记；二是谈话的摘要；三是时事摘要；四是私事摘要；五是文章诗歌，或附全文，或摘内容而附记著作的经过；六是通信，或摘要或留稿。

有一则印象深刻。梁启超先生去世，胡适在1929年1月20日日记中记道：

"任公为人最和蔼可爱，全无城府，一团孩子气。人们说他是阴谋家，真是恰得其反。"

"他对我虽有时稍露一点点争胜之意，——如民八之作白话文，如在北大公开讲演批评我的《哲学史》，如请我做《墨经校释·序》而移作后序，把他的答书登在卷首而不登我的答书，——但这都表示他的天真烂漫，全无掩饰，不是他的短处。正是可爱之处。以《墨经校释·序》一事而论，我因他虚怀求序，不敢不以诚恳的讨论报他厚意，故序中直指他的方法之错误，但这态度非旧学者所能了解，故他当时不免有点介意。我当时也有点介意，但后来我很原谅他。近年他对我很好，可惜我近年没机会多同他谈谈。"

梁任公去世后，胡适和陈寅恪等人送梁先生入殓。从这一点可以看出他们之间的亲密关系。

但我只是猎奇地看看，知道胡适曾为梁书作序，中间闹点小不愉快但于两人友谊无大碍，仅此而已。

2019年11月17日夏晓虹老师做客深圳读书月，讲"梁启超与胡适"。她围绕梁启超的《国学小史》和胡适的《中国哲学史大纲》，在比较互照中彰显梁胡论学的意义。沿着夏晓虹老师的线索，我才发现胡适日记中的作序一事，不过是当中的一个小片段。必须把时间跨度往前移再向后挪，将梁胡放置到一个大的历史阶段中看，他俩既有师生之谊，又有学术之争，之间两人论学的种种砥砺与辩难，对各自的治学方向和发展起着不一般的推动作用。这是一个非常有益的视角，一下子把一些学术脉络理清了。

生于1873年的梁启超年长胡适18岁，算是两代人，可以说，胡适是读着梁启超的书长大的。胡适在《四十自述》中曾写道，他于1904年就读于梅溪学堂时，就开始看梁启超的《新民丛报》。

1912年11月10日，胡适在日记写下："梁任公为吾国革命第一大功臣，其功在革新吾国之思想界。十五年来，吾国人士所以稍知民族思想主义及世界大势者，皆梁氏之赐，此百喙所不能诬也。"

胡适认为，1911年武汉革命能势如破竹，"使无梁氏之笔，虽有百十孙中山、黄克强，岂能成功如此之速耶。"这一年，胡适21岁。他无疑是超级梁粉，眼中的梁启超威猛高大。

他俩没有机缘见面，直到1920年3月21日在林长民家里，才第一次相聚。

此前一年，1919年2月，胡适的《中国哲学史大纲》由上海商务印书馆出版，轰动一时。

胡适根据自己留学美国哥伦比亚大学的博士论文《中国古代哲学方法之进化史》，编成在北京大学教授中国哲学史的讲义。1918年经过整理，蔡元培作序，1919年以《中国哲学史大纲》之名出版。尽管只完成上半卷，学界认为是中国近代史上第一部系统地应用西方观点和方法写成的中国古代哲学史。

对这一部哲学史，胡适非常看重。因为他的写作初衷，与梁启超有关。

夏晓虹的研究显示，早年胡适读了梁启超的《中国学术思想之大势》，深受启发。可以说，这是他最爱的文章。胡适认为，梁启超第一次用历史眼光整理中国旧学术思想，第一次给我们"学术史"的见解。

《中国学术思想之大势》在《新民丛报》连载，可惜中间梁启超出国，连载只得停止。这让胡适深为失望。他由此突发野心："我将来若能替梁任公补作这几章缺了的中国学术思想史，岂不是很光荣的事业……"

种子于是播下，之后胡适也确实做到了。写完《中国哲学史大纲》，他特别期待梁任公的评价。

1920年10月18日，梁启超致胡适函言：对于公之《哲学史纲》，欲批评者甚多，稍闲，当鼓勇致公一长函。

两个月后的12月18日，梁任公又写信给胡适，说，对于大著《哲学史》之批评若做出，恐非简短可了。顷在清华讲"国学小史"，拟于先秦讲毕时，专以一课批评大作，届时当奉寄耳。

梁启超一而再地写信给胡适表示要写文章批评，可见他对《中国哲学史大纲》的重视。

1920年12月至次年3月，梁启超应清华之邀，开设课外讲演"国学小史"。夏晓虹老师在中国国家图书馆看到《国学小史》手稿，有一、二、四、六共四册。这些手稿在梁氏生前未及成书，仅以论文或单行本形式发表部分内容。后据此重行拼合、厘定为《国学小史》一书，由商务印书馆出版。夏晓虹为此写了导读《"失而复得"的〈国学小史〉》。

在夏晓虹看来，梁启超开设"国学小史"课，是基于对胡适《中国哲学史大纲》的不满，有公开对话的意思。

那么，梁启超对《中国哲学史大纲》，究竟持什么样的态度呢？

1921年，胡适写信给陈独秀，表达了对梁启超的不满："他在清华的讲义无处不是寻我的瑕疵的。他用我的书之处，从不说一声；他有可以驳我的地方，决不放过。"

此时，声名鹊起的胡适，有满满的自信。他在文章《整理国故与"打鬼"》中文字激扬，挥斥方道："我自信，中国治哲学史，我是开山的人。这一件事要算是中国一件大幸事。这一部书的功用能使中国哲学史变色。以后无论国内国外研究这一门学问的人都躲不了这一部书的影响。"

夏晓虹认为，此时胡适对梁启超不满，理由有三：一、陈独秀认为胡适与梁启超是一拨的，让他多少有些郁闷；二、胡适对自己的著作颇自负；三、胡适刚在学界成名，而梁启超已占稳固的学术地位，他的批评多少对胡适产生负面的影响。

当然，胡适也在一定程度上误解了梁启超。梁启超在著作《墨子学案》中列了七种必读书，其中包括胡适的书。在《墨子学案·自叙》中，他写道："胡君适之治墨有心得，其《中国哲学史大纲》关于墨学多创见。本书第七章，多采用其说。……谨对胡君表谢意。"可见，梁启超对胡适并非一味否定；他引用胡适的地方，也会注明出处。

夏晓虹评述，梁启超在写墨子的书中，大量借鉴了胡适的成果；而梁启超放弃自己早年的论述，也是受到胡适的影响。比如他昔年曾作《子墨子学说》《墨子之论理学》二篇，"今兹所讲，与少作全异其内容矣"。

此间，尽管心存芥蒂，梁启超和胡适还是继续学术上的你来我往。1921年2月4日梁启超完成《读墨经余记》，胡适2月26日为梁启超的《墨经校释》作序，4月3日梁氏写《复胡适之书》，5月3日胡适作《答书》。这便有后来胡适日记"梁任公的《墨经校释》出来了。他把我的序放在书末，却把他答我的序的书稿放在前面，未免太可笑了。"

1922年3月4日、5日梁启超在清华讲演《评胡适之〈中国哲学史大纲〉》，这是评《中国哲学史大纲》最有分量且最著名的文章，也是胡适一直期待看到的文章。此时距胡适出版《中国哲学史大纲》已过了三年。

关于这一次讲演，胡适有详细的记载。在1922年3月5日日记中，胡适写道："昨天哲学社请梁任公讲演，题为《评胡适的〈哲学史大纲〉》。借第三院大礼堂为会场。这是他不通人情世故的表示，本可以不去理睬他。但同事张竞生教授今天劝我去到会，——因为他连讲两天，——我仔细一想，就到会了，索性自己去介绍他。……这也是平常的事，但在大众的心里，竟是一出合串好戏了。"

梁启超用了足足两天的时间批评胡适的《中国哲学史大纲》。在他看来，胡适的哲学史大纲，"讲墨子荀子最好，讲孔子庄子最不好。总说一句：凡关于知识论方面，到处发现石破天惊的伟论；凡关于宇宙观人生观方面，什有九很浅薄或谬误。"

他还借胡著"老子"和"杨朱"两篇，提出其"新近才发生"的问题，即"疑心《老子》这部书的著作年代，是在战国之末"。

夏晓虹指出，常人看来，老子在孔子之前，是前辈。梁启超这一下把他放到后边，成了晚辈。

如是，胡适难免受到很大的刺激。在3月7日的日记中，胡适专门提到北大学生张煦，指他"做了一篇驳文，证据极充足。此文大可为《老子》张目"。在5月18日日记中，他又记了两点：1. 近人说《老子》这部书不是老子做的，也不是春秋时代的产物，这话你以为如何？ 2. 近人又说我们不应该从老子孔子讲起，那么，我们究竟应该从什么时代讲起？讲那个老子以前的时代有什么史料？那些材料可靠吗？……

尽管梁胡在学术上有不同的认知和见解，但私谊一直维持。梁启超去世后，胡适惋惜之余，还是诚实地认为，他（梁先生）入世太早，成名太速，自任太多，故他的影响甚大而自身的成就甚微。他的《新民说》可以算是他一生最大的贡献。晚年的见解颇为一班天资低下的人所误，竟走上卫道的路上。这里指的当是梁启超早年积极推进西方文化和思想输入，晚年则转向维护和研究传统文化，希望儒学人生观可以造福全人类。夏晓虹认为，1917年对梁启超来说，是一个学术方向转变的重要分水岭。

夏晓虹从1982年开始研究梁启超，1984年写作关于梁启超的硕士论文，至今已近40年。国内研究梁启超的人不少，有的在思想史方面，有的在中外文化交流方面，有的在学术史方面，夏晓虹则从文学入手，着重于梁启超的文学研究，并掌握了大量的第一手资料。单从梁启超和胡适论学这一个角度，她以翔实的资料作为理论支撑，分析入情入理。

在她看来，正是与胡适的分歧引发了梁启超的讲学，并产生了在其著述生涯中，可以视为后期转以传统文化研究为主的一部标志性著作《国学小史》。这对梁氏意义重大。

而无论其时感受如何，梁启超的长篇批评毕竟对胡适深有触动，逼使他重新认真思考论述中的许多问题。尽管出于年少气盛，或激于政治分歧，也可能不乏对批评带来的负面效应某种程度的担心，胡适当时未必能接受与理解梁启超的意见，但时间会证明，梁启超的批评对胡适确实是"无害且总有点进益的"（胡适1921年1月《致陈独秀》）。

梁启超去世后，胡适说："近年他对我很好，可惜我没机会同他谈谈"，扼腕之情跃然纸上。

如果没有夏晓虹老师的梳理，我断无法将这些散落的点连接起来，拼接成一幅梁胡的学术图景。学者严谨治学的方法和态度，确实值得后学借鉴。而这一段，只是夏晓虹老师研究成果的一部分。她的三卷本著作《阅读梁启超》的修订本由东方出版社出版，从"政治与学术""文章与性情""觉世与传世"三部分涵盖了更为丰富的内容。

# 谁是林语堂走向世界的领路人和奠基者？

不可否认，钱锁桥先生的《林语堂传：中国文化重生之道》如一股清风，在2019年新年伊始拂面而来。其中，很多珍贵史料得以披露。比如林语堂走向世界的领路人及奠基者，是赛珍珠夫妇。但是，林语堂与赛珍珠夫妇有长达20年的友谊，最终为何一拍两散？

一

1997年，在纽约巴纳德学院担任博士后研究员的钱锁桥得知，普林斯顿大学有庄台公司的档案，少为人知。他如获至宝。

庄台公司是个什么机构？

它是赛珍珠夫妇的出版公司。严格来说，应是赛珍珠丈夫华尔希创建的。它在20世纪30年代出版了赛珍珠的《大地》，大获成功。既而牵出了姻缘，华尔希和赛珍珠喜结连理。

1933年，赛珍珠访问中国。林语堂与她结识，至此开始的交往改变了林语堂的后半生。

为欢迎赛珍珠，林语堂设家宴款待，请了胡适作陪。林语堂告诉赛珍珠，他正用英文写一本书。赛珍珠很有兴趣，立即推荐给华尔希的庄台公司。

这本书就是后来的《吾国与吾民》。就这样，赛珍珠和华尔希成了林语堂的编辑、出版人、经纪人和朋友。后来林语堂在美国的一系列畅销书都由庄台公司出版，华尔希还负责安排林语堂在美国的演讲和其他活动。

编辑与作者，两者相辅相成，密切相关。拿《吾国与吾民》来说，赛珍珠读了书稿后，觉得写得有点散漫，建议紧凑点，她指出："你好像是一个泳者，站在很冷的水边，你下决心要跳下去，你最终也跳下去了，但是在岸边踯躅了很久。"这样的意见，放到现在，我们会认为是一个非常靠谱的编辑意见，能直指问题的关键——遗憾的是现在这样的图书编辑似乎少之又少，作家张辛欣曾希望能碰到一位好编辑，给她指出创作上的痛点。

可以说，当年的林语堂很幸运，碰到了赛珍珠。他认真听取了意见，删了开头14页，不总在岸边"踯躅"了，并重写了前边一部分。在作者序中，林语堂致谢赛珍珠"自始至终一直给我鼓励，出版前还亲自通读全稿并加以编辑"，也致谢华尔希"在整个出版过程中都提供了宝贵的意见"。

《吾国与吾民》1935年在美国一炮打响。

出版的顺利，让两家的友谊有了良好的开端。看重林语堂的才华的赛珍珠夫妇力邀林语堂移居美国。但1933年至1936年，是林语堂在国内工作最繁忙的时期，他要打理三份中文杂志（《论语》《宇宙风》《人间世》），两份英文杂志，同时他是《中国评论》中"小评论"的专栏作家，每月要写八到十篇文章。

值得一提的是，1936年林语堂还用英文写了《中国新闻舆论史》，提出"今天我们要力争把新闻自由当成宪法原则，把个人人权当成宪法原则，民主简单来讲就是要让普通大众对其生活有发言权"。80多年前的观点，现在看非常犀利。这本书后来由《南方周末》编辑刘小磊翻译，2008年在上海人民出版社出版。等到我发现时，网上已购买不到，只得向刘小磊求赠。写这本书时，林语堂标榜自己"两派都不参与"，感觉"自己一个人在黑暗中吹口哨"。

1936年8月，林语堂终于举家赴美。在赛珍珠夫妇的建议下，他着手第二本书的创作。钱锁桥认为，赛珍珠夫妇的批评意见在厘定"一个中国哲学家"在美国所能扮演的角色方面起到了重要的作用。比如华尔希看了《生活的艺术》书稿后建议，"全书要多增加和直接援引中国经验……你要时时刻刻牢记你是一个中国人"。书于1937年出版，两个星期内卖出87469本，五周内销14.1万本，连续七个月在美国畅销书榜排名第一。这是林语堂在庄台公司出版的第二本书，林语堂的名字开始家喻户晓。由此可以说，《生活的艺术》的热销和林语堂的扬名，与赛珍珠夫妇在背后的大力支持分不开。

在这本书中，林语堂极力颂扬"浪人"精神，反对一切缺乏人性的条条框框。但书中对于"浪人"的理解，以及它与中国哲学的关联，坊间皆有不同看法。

随着卢沟桥事变的爆发，林语堂开始创作他的第一部战时小说《京华烟云》。1940年他从美国回中国，在重庆见到蒋介石和宋美龄。从那时起，林语堂与宋美龄保持几十年的英文通信，并多次用文言文上书蒋介石。他"吹口哨"，但已经不是"一个人"。

随后，他在庄台公司出版《京华烟云》，扉页上记着："写于1938年8月至1939年8月，献给英勇的中国战士。"赛珍珠评论说，瞬息京华，映照出几千年经久不变的文化积淀，从文学观和价值观上给予了肯定。接着另一部着眼于南京大屠杀的战时小说《风声鹤唳》也跟着出版。

1942年，庄台公司推出林语堂的《中国印度之智慧》，再次大受欢迎。"林语堂"三个字，成了畅销的标签。每一本新书出版，都代表了一种水准。这既是对赛珍珠夫妇眼光的肯定，也是对林语堂个人创作能力的公众认可。

随着合作的顺利和友谊的加深，林语堂接下来的作品《啼笑皆非》，由衷地献给了华尔希、赛珍珠，扉页上写着："友谊长存。"1943年，林语堂再次回中国，他写信给华尔希："我和你们两位的友谊非常美好，它是美国生活的最佳体现。"

这个时候，双方互相欣赏互相支持，友情如花香芬芳美好。

二

可惜，月圆易缺，水满易溢。

半年的中国巡游后，1944年林语堂回到美国，他准备以庄台公司名义发表一份政治味浓厚的书面声明。华尔希闻之心里并不高兴，但还是给予了配合。要知道，一个作家或出版公司一旦被打上了政治烙印，不单会流失读者，也会造成销量锐减。最终在市场面前，他们还是达成一致意见，林语堂不要再对外发声，并开始写下一部作品《枕戈待旦》。

然而，围绕书稿的修改，赛珍珠夫妇和林语堂之间存在的政治歧异越发明显。在赛珍珠他们看来，新的小说《枕戈待旦》像是中国驻美大使给美国发放的政府传单。

不出所料，《枕戈待旦》销量欠佳，书店第一次没能售完他们订购的林语堂的书。华尔希恳切地对林语堂说："我们已经讲好了你不再写政治书，就这么定了。"这个出发点，当然也是为林语堂着想。

他们于是商量下一部写《苏东坡传》，不要涉及政治。为此庄台公司还预支了林语堂一万美元版税，每月分期支付。

可此时国内外政治情势的变化，令林语堂在写有关苏东坡与王安石的章节时还是忍不住联系了当时的政治背景。赛珍珠忍无可忍，搬出老友的情分对他说，"看在艺术的分上，语堂，别在这瞎扯了。就算我求你了，给我点面子。"她认为这是"在一堆宝石里嵌了一块假石"，后来林语堂让步了，删了这一块的内容。

之后他接受华尔希的建议，写一部关于唐人街的小说《唐人街一家》。书于1948年出版，没有预期的轰动。

1949年林语堂写《美国的智慧》，华尔希对他说，赛珍珠和我都强烈质疑你对美国自由主义分子的攻击。林语堂回应："我现在仍然感到自豪，我没有为了取悦大众而写一句违心的话。"

可以看到，此时"翅膀硬了"的林语堂，并不想再听取出版商的意见，哪怕对方是老友赛珍珠夫妇。

钱锁桥在书中分析，1951年之前，他们的友谊还是保持着的。即使在林语堂经济最困难的时期，他和庄台公司也没有经济纠纷。事实上，庄台公司尽量帮他渡过难关。

这一时期指的是林语堂在家发明中文打印机，这个研发花了他12万美元，把所有积蓄都搭上了。

也正是在这个时期，美国出版业开始转向，美国读者对中国主题的作品的关注热度降低，加之林语堂作品中的政治含量增加，市场的反应并不理想。庄台公司还是继续出版林语堂的书，如1951年《寡妇、尼姑、歌妓》，1952年《林语堂英译、重编中国小说名著选》。与之前不同的是，原先版税都是百分之十五，这两本则降为前五千本为百分之十，之后视销量调整。林语堂感到某种失落，认为这对老作者不厚道，同时他认为庄台公司对新书的宣传也不到位。

也可能由于经济的拮据，或是内心对自己利益的维护，林语堂要求将绝版书的版权收归自己所有。之前他的海外版权由庄台公司代理，行规是代理方收百分之五十佣金。林语堂此时认为颇不合理。双方的不满继续扩大。

林语堂开始写另一部书，华尔希、赛珍珠看完，认为场景不清楚，故事不冷不热，人物描写不突出，放弃出版。但也明确表示，如果林语堂把书稿给别人将会影响他们的关系，"我们不想失去你……"林语堂于是改写了另一部书《朱门》。但显而易见，因版税问题，他们之间的裂痕已越来越大。

1953年，林语堂在没有通知华尔希的情况下与别的出版商签约。小华尔希代表庄台公司发表备忘录，称："我们已经同意分手，除此之外，我们保持有尊严的沉默，不讲细节。"双方闹掰了。

自此，林语堂与赛珍珠夫妇20年的友谊画上了句号。在庄台公司的档案里，林语堂这一文件夹剩下一片空白。

三年后，林语堂禁不住哀怨地写道："我们之间有二十年的伟大友谊，这种友谊只能维系到我给他们写书为止。一只好绵羊为善良的牧羊人生产羊毛为止。……这让我对美国式友谊产生非常糟糕的印象。"

这个结局不免让人遗憾。我们甚至会联想到麦克斯威尔·珀金斯，在30多年的职业生涯中，他发现了菲茨杰拉德、海明威、沃尔夫等多位伟大的文学天才，激发并鼓励他们写出了传世的作品。正是由于他对托马斯·沃尔夫《天使，望故乡》的内容进行了大量的删减和调整，两人建立起了深厚的友谊。菲茨杰拉德称他为"我们共同的父亲"，海明威把《老人与海》题献于他表达敬意。

遗憾的是，赛珍珠夫妇与林语堂的友谊却未能经受住时间的考验。

钱锁桥教授在《林语堂传》中对庄台公司档案的解析，

为后人披露了弥足珍贵的历史资料。这对了解林语堂如何在英美世界凭其英文创作赢得国际声誉，做了有力的注脚和补充，这也是本书最有价值的地方。我们可以这么认为，林语堂走向世界的领路人和奠基者，是赛珍珠夫妇。

# 日记公开，陈西滢对鲁迅不再"闲话"

　　1943—1946 年陈西滢日记、家信手稿首度由首都师范大学傅光明教授整理，辑成《陈西滢日记书信选集》一书（东方出版中心 2022 年 12 月）出版。该书汇编了 20 世纪 40 年代陈西滢在中英文化协会任职，旅居英国时所写日记及他与女儿陈小滢的通信。

　　这批连注释总篇幅达皇皇 63 万字的家信、日记，堪称弥足珍贵而又鲜活异常的"新"史料。用傅光明的话说，是最富文采、妙趣的"西滢闲话"。

　　书的一则广告词是："与鲁迅论战多年的文学评论家其人究竟如何？从八十年前的文字中探寻。"

　　我则八卦地想从这些文字中，探寻 20 世纪 20 年代，陈西滢撰文说鲁迅剽窃而后鲁迅不折不挠反击陈西滢的一段公案。

　　事情原委大致如下：

　　1923—1924 年间，鲁迅的《中国小说史略》出版。1926 年 1 月 30 日，陈西滢写文发表在《晨报副刊》上。文中写道："他（指鲁迅）常常挖苦别人抄袭。……可是他自己的《中国小说史略》，却就是根据日本人盐谷温的《支那文学概论讲话》里面的'小说'一部分。其实拿人家的著述做你自己的蓝本，本可以原谅，只要你在书中有那样的声明，可是鲁迅先生就没有那样的声明。"

陈西滢指控鲁迅涉嫌抄袭，即鲁迅在自己书中引用了他人作品但没有指明出处。

放到今天，抄袭或剽窃的做法也是学界的雷区。

两天后，1926年2月1日，鲁迅做出回应，他在《语丝》上撰文："盐谷氏的书，确是我的参考书之一，我的《小说史略》二十八篇的第二篇，是根据它的，还有论《红楼梦》的几点和一张《贾氏系图》，也是根据它的，但不过是大意，次序和意见就很不同。其他二十六篇，我都有我独立的准备，证据是和他的所说还时常相反。"

鲁迅确凿地列出证据："例如现有的汉人小说，他以为真，我以为假；唐人小说分类他据森槐南，我却用我法。六朝小说他据《汉魏丛书》，我据别本及自己的辑本，这工夫曾经费去两年多，稿本有十册在这里；唐人小说他据谬误最多的《唐人说荟》，我是用《太平广记》的，此外还一本一本搜起来……其余分量，取舍，考证的不同，尤难枚举。"

如此，应当说，陈西滢的指控站不住脚了。

接着，鲁迅又说："我以为恐怕连陈源教授（即陈西滢）自己也不知道这些底细，因为不过是听来的'耳食之言'。不知道对不对？"

那么，陈西滢为何向鲁迅发难呢？

有人分析，起因要追溯到1925年的女师大风潮及"三一八"惨案。当时鲁迅写了著名的讨伐文章《记念刘和珍君》，而陈西滢却在他主持的《西滢闲话》栏目中对这次运动提出质疑，大意是学生应以学习为主，不该介入政治。这为两人埋下了反目的导火索。

鲁迅做出上述回应之后，陈西滢没有继续应战。

十年之后，1935年12月31日，鲁迅在《且介亭杂文二集》后记中又写道："当一九二六年时，陈源即西滢教授，曾在北京公开对于我的人身攻击，说我的这一部著作（《中国小说史略》），是窃取盐谷温教授的《支那文学概论讲话》里面的'小说'一部分的；《闲话》里的所谓'整大本的剽窃'，指的也是我。现在盐谷教授的书早有中译，我的也有了日译，两国读者，有目共见，有谁指出我的'剽窃'来呢？呜呼，'男盗女娼'，是人间大可耻事，我负了十年'剽窃'的恶名，现在总算可以卸下，并且将'谎狗'的旗子，回敬自称'正人君子'的陈源教授，倘他无法洗刷，就只好插着生活，一直带进坟墓里去了。"

此时陈西滢任教于国立武汉大学文学院并任院长，不可能没看到该文。面对鲁迅越烧越旺的火气，他没有发声。

又过十年，陈西滢旅居英国，鲁迅也早已仙逝。陈西滢的书信、日记中倒还有涉及鲁迅的地方——

1944年5月22日，陈西滢在日记里这样写道："到东方学校的小图书馆，想找几本鲁迅的小说史略之类的书，一本也没有找到。回寓，与赵德洁打电（电话），请他找书。"

5月23日日记有："赵德洁为我借了小说史略等书。"末了补一句，"看了一本赛珍珠的《中国小说》，除了处处攻击学者文人，提高民决外，并没有什么见解。"

次日又记："看鲁迅《中国小说史略》数十页。"

5月25日一天奔波访问，下午五点半回寓，很倦了。日记有："晚饭后看小说史略。"

5月27日访熊式一，他家非常宽阔，有八间睡房，楼下有大客厅、饭厅。他们还见到蒋彝。日记有："十一时上楼，看小说史略。"

5月30日，回伦敦，在火车上"看小说史"。

在关于鲁迅及《中国小说史略》上，陈西滢只记这么多，没再做任何评论或感想。

1946年5月24日，陈西滢写给女儿陈小滢的信中有："姆妈能告诉你，我因写文章骂过人以至吃了不知多少亏。"傅光明对此做了联想并议论道："他后悔当年与鲁迅的论争吗？"

在整理陈西滢的书信和日记的过程中，傅光明说他不时领略到陈西滢笔头带针砭的一种尖酸、一种犀利。也许有人会觉得其中藏着不厚道的刻薄，但事实上，即便刻薄，这也是陈西滢写给自己的。因为他写日记，从没想过公之于世。

可以说，陈西滢日记的巨大价值之一，在于其为许多中外文人、学者画了像。遗憾的是，在与鲁迅的这段公案上，日记中却看不到陈西滢式犀利的"闲话"。

第三辑

# 林贤治看"真实的巴金"和"巴金的真实"

## 一、"讲真话"是为了弄清楚什么是真什么是假

2003年，林贤治先生曾经在一篇文章中对于"真话"的"真"发表过看法。他引用了巴金的《真话集》，说："巴金提倡说真话，于是有《真话集》，其实那是小学三年级程度的真话，这种真话用的是记叙文的方式，说的大抵是关于个人的事情，一点回忆，一点感悟。"他并不是质疑巴金的真话之"真"，而是想说明大众的程度"低"，"此前只是'文盲'，几十年盲人瞎马的过来罢了"。文内也提到萧乾，说他要修改巴金"要说真话"的说法，加上"尽量"两个字，"明显地后退了一步"。

观整篇文章旨意，林贤治先生想说的无非是，真话是分层级的。王国维、陈寅恪是"惟真是求"，不趋时媚俗，"真"的程度很高，这不是中国的知识分子容易做到的。

随后，写了《巴金传》的李辉先生在《文汇报》以《历史切勿割断 讥讽大可不必——再谈巴金》为题，针对林贤治先生用"小学三年级程度"评论巴金"说真话"给

予了回应。"在我看来，这样的批评，忽略了思想史的渊源关系，不利于知识分子自身的思想与道德的建设，更不利于思想的发展与历史意识的加强。因此，我觉得仍有必要就《随想录》的历史背景、思想价值以及巴金与当今思想界的关系，再进行一番描述和解读，并求教于贤治兄和读者。"

林贤治先生没有回应。

2018年香港城市大学出版社出版了《巴金：浮沉一百年》，作者林贤治。

在前言里，林贤治先生说，时代造就了巴金，同时也毁损了巴金。巴金自称是"五四的儿子"，是一个"矛盾"的人，"言行不一致"的人。"因此，关于巴金，我们不可以相信任何人的结论，包括巴金本人。""可以认为，巴金并不信任属于他的时代，而寄希望于未来。他知道自己没有支配自己的权利，包括沉默的权利。因此，对于自己的言说，他曾自慰般地表白说，'我相信有一天终于会弄清楚什么是真，什么是假'，以减轻内心的负罪感，或许，这个预言是可以确信的。"

《巴金：浮沉一百年》这本书，据说是林贤治先生花了十多年的时间，发掘和累积尽可能多的材料，通过不断地比较、证伪、猜想与反驳，试图重构巴金以及围绕巴金的全部历史。

百年漫长的人生中，巴金跨越了两个世纪，见证了时代的动荡与变迁。在巴金身上发生过一系列悖论：从理想主义者到经验主义者；从社会批判家、政论家到小说家；

从无政府主义者到领导者；从"家"的叛逆者到"家"的守护人。"巴金不断地追求着，变化着，适应着，又反抗着。他本人把这种生存状态称为'挣扎'。"

林贤治将百岁巴金生命的各个重要节点进行了"同位素"扫描，对其思想演变、关口选择、创作历程进行了肌理剖析。行文中，察古观今，纵横交错，犀利处不乏冷静，理性中直抒胸臆。他把巴金个人置放于整个20世纪中国知识分子的命运图景中去观察、审视、研判，历次政治运动由此产生的社会变迁为"真实的巴金"和"巴金的真实"提供了广阔的时代背景和坚实的现实基础。书出版后，《经济观察报》将之评为2018年香港书展十大好书。

## 二、"讲真话"的勇气、层级与代价差别

《巴金：浮沉一百年》中，林贤治说，自觉获得第二次解放而沉浸在欢乐和幸福中的中国知识分子，对于"文革"中人们所承受的灾难，对"文革"产生的制度性根源的追问，丧失了判断力，也丧失了责任，记忆力也受到损害。在历史面前，他们没有任何的要求。

但对巴金而言，他内心深处对自己并没有丧失要求。

作为一个早期信奉无政府主义的知识分子、作家，巴金尽管在后期小心翼翼地删除文章中这方面的内容，对自己进行了修正，宣称他只有爱国主义和人道主义，并强调前期的无政府主义与他写作时所接触到的无政府主义思潮是两回事，但显然，思想根底的某种匮乏对他是有利的，

他不可避免地卷进了信仰、信念和一个更宏大的集体叙事中。在这一叙事中，他自己和他人的自主权都是次要的。

然则，波涛过后他内心是警醒的，"只要一息尚存，我还有感受，还能思考，还有是非观念，就要讲话。为了证明人还活着，我也要讲话。讲什么？还是讲真话。"

巴金《真话集》是《随想录》中的第三集。里边收入《三论讲真话》《说真话之四》《未来（说真话之五）》《解剖自己》等多篇提倡讲真话的文章。

讲真话，真实地面对自己的过往和内心。历史沧桑，人事纷扰。巴金说："七八十年中间我犯过多少错误，受到多少欺骗。别人欺骗过我，自己的感情也欺骗过我。"与那些"文革"结束后，申冤的申冤，平反的平反，乌纱帽掉了又戴上了，纷纷讲述自己的苦难过去的人相比，巴金确实内心深处非常不安。

以一个人为例，胡风。

胡风和巴金是南京东南大学附中的校友，巴金比胡风高两个年级。巴金中篇小说《死去的太阳》中的学生干部方国亮就是以胡风为原型的。20世纪30年代中期，他们第一次见面。然而，两人追求的路向并不趋同，创作风格也明显相异。在当年的国统区，胡风以左派自居，而解放区的延安派人士并不认同他左翼理论家的身份。胡风恪守他的人民性和现实主义的文学原则，对其他自由派的作家（包括巴金）并未投以太多的关注。他对巴金有过批评，而巴金也给予了不大客气的回应，但他们维持着良好的关系。胡风于1955年5月16日被拘捕，被判14年有期徒刑，关进秦城监狱。1965年移至成都，1967年再次入狱，1970年又被判无期徒刑，直至1978年出狱。

巴金晚年在总结自己的思想历程时说："我的改造可以说是从反'胡风'运动开始，在反右运动中有大的发展，到了'文革'，我的确洗心革面，脱胎换骨，给改造成了另一个人。可是就是因为这个，我让改造者们送进了监狱，这就是历史的惩罚。"

1981年胡风因精神分裂严重，送到上海治疗。巴金没有去看望他。后在《怀念胡风》一文中，巴金写道："这以前他在上海住院的时候，我没有去看过他，也是因为我认为自己不曾偿还欠下的债，感到惭愧，我的心情只有自己知道，有时连自己也讲不清楚。"

林贤治分析，巴金不敢看望胡风，至少有两个原因：一是胡风的事情还没有完。中央给胡风的平反一共三次：1980年是从根本上否定了"胡风集团"的存在，但胡风的历史问题、宗派问题没有解决；1985年由公安部发出复查通知；1988年中央下达文件进行裁撤，进一步澄清了这一历史冤案。由于问题悬而未决，也不知道下一步如何发展，巴金"没有勇气面对现实"。第二个原因是，巴金与胡风的宿敌周扬关系比较好。

在没有去看望胡风的问题上，巴金讲了真话。他甚至在反省中，仔细地写下了自己曾经在批判"胡风集团"的运动中写过三篇稿子。第一篇，《人民日报》的记者来上海组稿，他写了《他们的罪行应当得到惩处》，"表了态"。第二篇，为了过关，写《关于胡风的两件事》：第一件事是说胡风在鲁迅面前挑拨离间，这个说法与冯雪峰、许广平同，只是沿用而已；第二件事是胡风递交三十万言书后，在北京他们见了一面，胡风一副"做贼心虚"的样子。第三篇，本来是批路翎的《洼地上的战役》志愿军与朝鲜姑娘恋爱的，但是经过编辑的修改给"胡风集团"戴上了"反革命"的帽子。

重读这些当年批判胡风的文章，巴金感觉自己好像挨了当头一棒，"印在白纸上的黑字是永远揩不掉的，子孙后代是我们真正的审判官，究竟对什么错误我们应该负责，他们知道，他们不会原谅我们"。他也无法原谅他自己。

"五十年代我常说作一个中国作家是我的骄傲，可是想到那些'斗争'，那些'运动'，我对自己的表演（即使是不得已而为吧），也感到恶心，感到羞耻。"

在胡风案中巴金并没有起到推波助澜的关键作用，但他在真心忏悔。胡风出狱后身患重疾时，忏悔中的巴金没有到医院看他。到医院看胡风的，有贾植芳、何满子、耿庸、王戎等几位居沪的"胡风分子"余生者……

讲真话是需要勇气的，讲真话又分为不同的层级，不同层级付出的代价各不相同。

1955年在开除胡风作协会籍的会上，与胡风关系密切的吕荧走上台发言："胡风的错误，是不该发表舒芜的错误文章。这是理论问题，思想问题，胡风不是反革命……"他被张光年一把轰下，1966年被收容到清河劳改农场强制劳动，至死没有洗过澡，没有换过衣服。

最年轻的"胡风分子"张中晓，25岁被捕，36岁被迫害至死，留下了一部卓越的思想录《无梦楼随笔》。

"胡风分子"阿垅，其申诉材料中的《无题》一诗至今广为传诵："要开作一枝白色花——因为我要这样宣告，我们无罪，然后我们凋谢"，1967年含冤死于狱中。

"胡风分子"牛汉和险些成为"胡风分子"的屠岸，顶着压力把胡风出狱后为自己辩解所写的长文（后收入《胡风评论集》，作为"后记"）发表……

林贤治评价说，正是他们，没有集团，却因追求共同的理想和真理形成一个无法摧垮的集体。他们中，除了舒芜，谁也不曾背叛谁，无论风雪交加的日子，还是恢复安宁的岁月，他们都像保护自己的眼睛一样，维护朋友间的情谊。我们很少看到这样一种崇高的文学情谊，尤其在现代中国。

所有的政治选择都牵涉到不可避免的代价，正确的决定便是避免最差的错误。选择的判断与代价的衡量往往因人而异。巴金每走一步，都包含着精细的政治考量。要活命，要保全自己和家庭，他必然趋利避害——从曾经的无政府主义者，到新中国成立后亦步亦趋自我改造，到成为沈从文眼里的"大宾"，"出国飞来飞去"，到"文革"中被下放干校，到相伴一生的爱妻萧珊病逝，到"文革"后复出再次进入"中心"——只不过这一次，非他所愿，但他还是没有表达"不愿"的勇气。


## 三、"讲真话"的深度、指向及语境考量

近40年来有关"文革"的历史和研究著作并不少，但

与每年图书出版近30万种的大数额相比，微乎其微得占其中的零头都不够。这里边，又多以个人回忆录的形式零星出版，比如杨绛的《干校六记》，陈白尘的《牛棚日记》，季羡林的《牛棚杂忆》，梅志的《胡风传》，彭燕郊的《那代人：彭燕郊回忆录》，贾植芳的《狱里狱外》、《我的人生档案——贾植芳回忆录》，何满子的《跋涉者——何满子口述自传》，冀汸回忆录《血色流年》，牛汉的《我仍在苦苦跋涉——牛汉自述》，舒芜的《舒芜口述自传》……

这些书大多是日常生活方面的叙述，少有评论文字。季羡林写于1992年的《牛棚杂忆》在全书的最后一章进行了反思，提到："文革为什么能发生，兹事体大，我没有能力回答。有没有能回答的人，有，可他们又偏偏不回答，也不喜欢别人回答。"

在此类作品中，巴金的《随想录》五卷本脱颖而出，因其"真"备受瞩目。

1978年底，巴金应香港《大公报》编"大公园"副刊的朋友的约稿，开始写专栏"随想录"，《随想录》一书由这些文章结集而成。1987年《随想录》合订本出版。1990年，他的另一部作品《讲真话的书》出版。

"不怕痛，狠狠地挖自己的心"，巴金准备不再服从政治需要而牺牲历史真实了，力求说真话，甚至呼吁建立"文革"博物馆。然而，最终"挖得不够深"。

林贤治分析说，影响《随想录》深度的有多种原因，主要与语境相关。

他认为，巴金的反思是体制内的反思，自觉或不自觉地使用意识形态的语言概念。当身份与语境发生矛盾时，存在一个个人思想与意识形态之间的理性合约的问题。协议结果是调和，而调和的结果是，牺牲部分意识到的内容，削减批评性意见的尖锐程度，有时还插入一些廉价的乐观主义的东西。巴金的批判很少指向现存的体制。

不单如此，巴金在自己身上，更多地展开的是道德思考，而在结合政治思考方面，缺乏更深入的发掘。巴金对"文革"的大叙事，大抵停留在官方的结论上。"这里有认识上的局限，他的探求未到达应有的深度，还有，以他的身份，不能走得太远。""相对于生存权利包括写作权利，《随想录》很少谈论知识分子在现实政治中的责任问题。"所以，《随想录》中的很多内容，大可看做政协大厅里建言的某种延伸"。

林贤治还认为："《随想录》批判的很多社会现象，都只在封建这一根系上——对思想文化的禁锢政策，决定一个作品生死的长官意识，普鲁士式的书报审查制度，特权思想为何大行其道，衙内现象，等等。他把这些称为旧中国封建主义的土物产。从几千年的传统文化中找遗传基因，即中国人的奴隶根性。"

1993年，巴金写了《没有神》，便是一证："我明明记得我曾经由人变兽，有人告诉我这不过是十年一梦。还会再做梦吗？为什么不会呢？我的心还在发痛，它还在出血。但是我不要再做梦了。我不会忘记自己是个人，也下定决心不再变为兽。无论谁拿着鞭子在我背上鞭打，我也不再进入梦乡。当然我也不再相信梦话！没有神，也就没有兽。

大家都是人。"这一篇短文成为《随想录》合订本出版时的序文。

因了语境，林贤治说："在《随想录》的写作过程中，他只能根据公共语境的变化，不断地调节他的观点和话语形式，这也是《随想录》文本为何出现前后不一致、矛盾甚至混乱的原因。"

直到20世纪90年代，年届九十的巴金最终无奈地说，我下笔如有"绳"。

历史诚然像政治上的壁画，是一本留在架子上的书。不同的人随意翻看，随意折页，随意做下记号。然而，"绳"与"神"除了谐音外，语义差别不啻咫尺天涯。

林贤治感慨，追求真实又回避真实，追求深度又恐惧深度，这是一个被置于半封闭半禁锢的社会语境中的知识分子的悲剧。他指的当然是巴金，我们则看到更多的人。

## 四、"讲真话"不过在于尽义务让一切各归其位

"一个受折磨的灵魂，在寓所的墙角下对过去自己的著作与行为感到深深不安，感到揪心的惭愧，灵魂和双手都在战栗，这就是《真话集》的伟大作者。"文学评论家刘再复曾这么概括巴金。

巴金1973年从干校返回上海，重返翻译舞台，他选择翻译了屠格涅夫的《处女地》、赫尔岑的《往事与随想》。这两位都是俄罗斯的贵族知识分子，他们一生鼓动革命，追求自由。赫尔岑于1847年迫于国内巨大的政治压力携家

出亡欧洲，正式开启了俄罗斯知识分子长达一个半世纪之久的流亡图卷。巴金每天翻译几百字，仿佛同赫尔岑一起在19世纪俄罗斯的暗夜里行路。赫尔岑想让《往事与随想》清算个人生活的账。巴金内在的意识中也到了清算自己前70年生涯的时候了。

1977年，巴金恢复社会活动。"来信多，来找的人多，社会活动多，要做的事多，可以说恢复了十一年前忙乱的生活。"

1982年他写了文章《干扰》，说："我像是一个旧社会里的吹鼓手，有什么红白喜事，都要拉我去吹吹打打，我不能按照自己的计划写作，我不能安安静静地看书，我得为各种人的各种计划服务，我得会见各种人，回答各种问题。我不能做我自己想做的事，却不得不做自己不愿意做的事。"

从承认自己是作揖哲学，到认同朋友的批评，以忍受为药物来净化自己的灵魂，巴金自称是无抵抗主义的忠实信徒，放弃人的尊严和做人的权利。"我的悲剧是别人把我当工具，我也甘心做工具。"

1994年11月，巴金胸椎骨骨折，住进华东医院，痛苦万分的他第一次表示希望安乐死，得不到同意。他无奈地对子女说，我为你们而活。在医院里，他一直"活"着，直至2005年10月17日停止呼吸，享年101岁。

林贤治先生以《巴金：浮沉一百年》表达了对巴金讲真话的看法：无论如何，《随想录》是1949年后中国思想界和文学界的一部重要著作。它在总结"文化大革命"的悲剧根源时，批判国家和民族的封建专制主义传统，在自己身上发掘奴隶根性，都可谓提纲挈领，击中要害。在劫后的废墟面前，他没有逃避个人的责任，在许许多多的冤魂后边，他做出真诚的哀悼和忏悔。

哈维尔说，我相信说出真实总是有意义的，在所有的环境中。

从百年忧患的大背景下看，《巴金：浮沉一百年》其实是一部精神漫游史。在书中林贤治先生通过对巴金的精神个体及其精神产品的研究，深入到20世纪中国知识分子精神层面的研究，继而深入到中国思想文化界重要精神现象的研究，并进一步升华到人类精神发展史的某个侧面，直指人类共同面对的精神命题——"一代知识分子的命运，是集体人格与时代互动的结果"。以巴金为代表的一代中国知识分子的精神挣扎，在林贤治的笔下通过文学的方式予以表达。

或许，《巴金：浮沉一百年》这本书的写作和出版，也可以看作是林贤治先生顺带对李辉先生15年前《历史切勿割断 讥讽大可不必——再谈巴金》一文的一种回应。毕竟，任何人都没有权力占据道德制高点，而说出真话，互证所同，互校所异，不过是尽义务让一切各归其位。

# 舒芜题记的疑点

前不久，东方出版中心出版了陈思和先生的人物随笔集《星光》。里边的人物，大多是陈先生尊敬的师友，如他的恩师贾植芳先生。

第一辑的六篇文章，除巴金两篇外，其他四篇全部着笔于贾植芳先生。"没有他们对我的影响和指导，就没有今天的我。"陈思和先生笔下点点滴滴都渗透了他内心的感动。这些饱含深情的感性文字，没有被单独编辑成书，只是按照编年形式编入他的各类文集。记得2016年国内首个贾植芳研究中心落户张掖河西学院，陈思和先生在揭牌仪式上就含泪挥写"书在人就在，生命就在"，在场所有人无不动容。

提到"贾植芳"这个名字，必须提及"胡风分子"这段历史，必须涉及长达25年的牢狱之灾，又必须牵扯到一个人——造成灾难的主角舒芜。

对于那个"多人受到迫害，妻离子散，家破人亡，乃至失智发狂，各式惨死"（舒芜《回归五四·后序》）的历史性大冤案，其真相在很多书或文章中被撰写过披露过。

其中有一处细节，陈思和先生在《星光》中不惜笔墨地进行了分析，让我颇感新鲜，又折服于陈先生的坦诚直率。

1983年1月31日，舒芜同牛汉、绿原一起做东宴请贾先生夫妇。饭局后，他们同游琉璃厂，舒芜买了一本周作人的《中国新文学的源流》，在书上题记："1983年1月，贾植芳兄偕夫人任敏来京，参加现代文学流派问题讨论会，31日午，绿原、牛汉与余共酌植芳、任敏于前门饭店餐厅。饭后，皆游琉璃厂中国书店购此，书页犹多未裁，印成至今五十年矣。灯下展现，略记今日之事，五十年后或有续记数行者乎！舒芜。"

这个细节在很多文章中被提及，成为后来"贾拒认舒"事件强有力的证据之一，很多人也据此进行了各自的解读。舒芜本人在2006年5月号的《万象》上刊文《贾拒认舒版本考》，其中写道："贾拒认舒者，据说我曾登门奉访贾植芳先生，先生说我不认识你，闭门不纳也。但是，这件事我不记得有，也就是说，我记得没有。"文章最后说，"他记忆之有，不足以否定我的记忆之无；我又怎敢凭我的记忆之无，否定他的记忆之有？何况'说有容易说无难'，是考据的常识哩。"

随后，2006年12月《万象》第八卷第九期，复旦大学中文系教授张业松写了《"贾拒认舒"材料补》，"承傅杰兄见告，得知《万象》五月号有篇文章值得贾植芳先生一看，遂去找来这期杂志，拿给先生看了。先生看后，说了一声：'哦！'然后略为沉吟，又补了一句：'这个人无聊。''这个人'指的是舒芜先生，所说的文章叫《贾拒认舒版本考》。"

张业松是路翎研究专家，写过《路翎印象》《路翎批评文集》等著作。另有一篇《关于舒芜先生的是非》则刊登于《书屋》2000年第11期。

这里需要指明的是，舒芜所指的"版本考"中的四个版本，分别出现于四篇文章，即：孙正荃《先生之风山高水长——走近贾植芳》（刊登于《随笔》2002年第6期）；化铁《闲话贾植芳》（刊登于2003年7月《书友》第56期）；李辉《永远尴尬着，或者隐痛——从舒芜与贾植芳的见面谈起》（刊登于2004年8月《文汇读书周报》）；贾植芳《九十岁的生活（日记选）》（刊登于2004年10月13日《文汇报·笔会》）。

舒芜在文章中说，事实上"《随笔》版""化铁版""李辉版"都是出自同一个"祖本"，也就是"贾植芳版"，贾植芳先生才是提供"贾植芳拒认舒芜事件"原始版本的人。

那么，"贾植芳版"是怎么说的呢？

在贾植芳先生日记中，可以看得很清楚："1984年我到北京参加第四次作代会时，住京西宾馆，舒芜也作为出席会议的代表来访问我，被我拒绝情况，事实是，在会议期间，某一天上午，我听到叩门声，开门后，原来是舒芜来访。我以对陌生人的冷淡态度问他：'你找谁？'他则是满面笑容地像熟人的表情对我说：'就找你。'我听后以不屑一顾的冷淡态度回答说：'我并不认识你。'后即随手重重地把门关闭。因为经过这几年的考察，我发现他对自己50年代犯的卖友求荣的无耻行径毫无悔罪表现，是一个有才无德的无耻之徒。因此，与他断然绝交，划清界线。"这一场景也多处被引用描述，只是开门后的细节有点出入，陈思和的说法是：屋里亮屋外暗，贾植芳先生眼睛看不清，一开始认不出舒芜来，得知后依然重重把门关上。

也就是说，"闭门羹"的事实是存在的。"贾拒认舒"时间为1984年的第四次作代会，而非舒芜说的1983年琉璃厂访书及前门饭店聚餐。

汪成法教授一直从事中国现当代文学研究，他在《另一种真实——也谈贾植芳"拒认"舒芜事件》中写道，既然是从细节上来作文章，舒芜先生不知为何对李辉和贾植芳两个"版本"中所说的"拒认"事件不是发生于1983年而是发生于1984年的第四次作代会一说，又不曾举出可信的证据来否定其存在的可能性。"尽管如此，显然仍旧可以做出这样的推测：所谓贾植芳之'拒认'舒芜，完全是出于贾植芳先生的记忆之误，其实从来没有过这样的事情发生。"他甚至抛出疑问，贾植芳先生为什么会出现这样的误记？又为什么会将自己的这一"记忆"告诉他人？这一"记忆"对贾植芳和那些"传说者"意味着什么？

历史的有趣在于，同一细节可以有不同的解读，不同的解读反映出不同的立场和态度。在这些层次丰富的情感文字中，人于其中便一个个鲜活了起来。

陈思和先生在文章中分析起"贾拒认舒"的远因和近因。远因便是舒芜在琉璃厂购书中的这番题记。"我没有看到这个题记的原件，这段话由舒芜作为证据发表在《书友》杂志，又由张业松转引在《"贾拒认舒"材料补》一文中。"

正是这个题记，让陈思和先生产生了一个疑点——这个题记究竟是舒芜在当天晚上的灯下所写，还是在琉璃厂中国书店买书的时候当场所写？从现在公布的内容上看，似乎是当天晚上补记白天的事情经过，所以其中有"灯下展现"云云。"但就我所知，这题记是购书的当场所写，因为先生回到上海就告诉我这件事，而且还说了题记的具体内容。先生没有千里眼，也不会跟踪到舒芜家里的'灯下'，唯一的解释是，这段话的前半部分是舒芜在琉璃厂购书后当场所题，而从'灯下展现……'起才是回家后补记。"

陈思和说，贾植芳先生对舒芜此举非常警惕，他认为这是舒芜宴请他们的真实的目的，而且牛汉、绿原都被他蒙骗过去了。在他看来，舒芜当场题记一事，目的很清楚，是要通过这一段文字留下证据，证明贾、牛、绿等这批胡风冤案的主要受难者已经原谅舒芜，和好如初了。舒芜的藏书、周作人的原版，都是会流传后世的，那么，舒芜的题记在将来就会成为一种历史证据。

牛汉先生在世时，他在纪念文集中有所记载，"贾先生来北京社科院参加学术会议，我们又见面了。这期间舒芜请求我带他去见贾先生，贾先生在舒芜面前表现很大气。跟路翎不同，路翎坚决不理睬舒芜。这是因为贾先生脾气比路翎温和，但温和不等于软弱。"

由此，陈思和进一步佐证指出，可见这次聚餐对舒芜是很重要的举动，他是做了精心准备的，而贾先生一眼看穿了他的心思。

为了慎重起见，陈思和核查了贾植芳先生的日记，发现除了吃饭、逛书店，日记一字未提舒芜购书题记的事，而是特别记了如下一段话："他这次很积极，牛汉说，这是向我们请罪了。众人只是敷衍而已。"他强调了"请罪"和"敷衍"两个关键词。

至此，我们也帮着理顺并还原一下事实：在1983年，贾植芳先生确实在北京看望过舒芜，并为舒芜住宅的简陋及获知舒芜也被打成"右派"感慨了中国知识分子的命运。他们也一起前往前门饭店吃了饭并同游了琉璃厂，可"当他看到舒芜的购书题记的精心表演，无意识的心理阴影就出现了，他开始警惕了：这个人还在演戏，并没有真心地忏悔"（陈思和《我心中的贾植芳先生》）。到了1984年，贾先生再次到北京参加会议，会议期间舒芜登门拜访，贾先生一改一年前的态度，闭门不纳了。陈思和在文章中分析："1984年作代会上，听到了朋友（'胡风分子'）间议论舒芜的是非，（贾植芳）就更加证实了对舒芜的警惕。所谓的'贾拒认舒'就是在这样的背景下发生的。"（《我心中的贾植芳先生》）

但对于这本来是很清楚的事情，舒芜先生把1984年的"贾拒认舒"记成了1983年的"贾认舒"，于是产生了他的"记忆之无"和贾先生的"记忆之有"。由此我不免也产生了与汪成法教授相同的疑问：舒芜先生为什么会出现这样的误记？又为什么会将自己的这一"记忆"撰文告诉他人？这一"记忆"又意味着什么？

陈思和先生在文章中写道："后来事实证明，先生是有见地的，舒芜那份题记还没有传诸后世，就开始派上用场了。"

止庵先生曾在文章《由舒芜之死而想到的》中写过："舒芜在中国历史上的影响绝对不小，极而言之，降低了传统的道德底线，破坏了正常的人际关系，恶化了基本的生存环境。上世纪五十至七十年代，许多中国人不敢在私信中吐露真实想法，亦不敢保存此类信件，甚至主动上交，追本溯源，不能说与舒芜当年之举全无关系。"

这就要回到中国现代知识分子的德性上来。知识分子的德性所依据的是什么？它是属于伦理范畴还是学术范畴？

陈思和先生认为两者皆有。不同的人有不同的培养德性的方式，比如巴金先生是在内心煎熬的忏悔中，沈从文先生是在瓶瓶罐罐的文物中，而贾植芳先生是在不得不降志辱身的监狱里。傅雷先生没有翻译完巴尔扎克全集，但他仍不失为最优秀的知识分子之一，因为他的德行的价值胜过了他的"言行"。

"五四"新文学的精神传统，是贾植芳先生知识谱系的中枢点。这是他判断所有善恶伦理的基本出发点，也是培养他德性的基本出发点，所以，他要求自己"把人字写端正"，一生为此践行不懈。

2016年我有幸跟随李辉老师参观了位于张掖河西学院的贾植芳研究中心。校方让每个人在签名本上写一句话，我思量了半天，最后写下"端端正正做一个'大写'的人"，表达了我对贾植芳先生的敬仰之情，也借此作为对自己的鞭策和警醒。

陈思和先生是中国当代文学史研究专家，他师从贾植芳先生多年，治学严谨，为人正直。写下《星光》，"因为心里积累了太多的感情，才会有必须倾诉出来的欲望"，与其说是"我写他们的事迹"，其实也是"写我自己的心灵成长过程"。

《星光》的出版，可以与舒芜女儿方竹的两本新书《日记中的爸爸舒芜》《人生实难》一起对照阅读。这对读者重返半个多世纪前的历史现场，了解和认知历史发展过程中沧桑风雨下个人的命运和选择以及灵魂深处的反省，尤显可贵。

之所以取名《星光》，暗含着某种指意，陈思和先生在《跋》中写道，有时，我们的眼睛经常看不见天空的星星，或者看见了，也觉得暗淡无光。但是我们不能以此就认为星星消失了，天空暗淡了。我们只能相信，星星是永恒的，星光也是永久的，不管我们的眼睛看得见看不见，都没有关系，我们的心里需要这样的信念。

在我眼里，陈思和先生写下的这些文字，有如星光，每一个有良知的人都可以从中感受到一种光亮。

# 晚年舒芜怎么说？

面对历史的真伪，我们无法简单粗暴地做出结论，"当事人怎么说"成了迷雾重重中非常重要的一环。

北京出版社"述往"丛书，2017年10月出版了舒芜女儿方竹写的两部作品《人生实难》和《日记中的爸爸舒芜》，无疑是站在舒芜立场最想表达的声音，意义尤显不同。

晚年舒芜怎么说？

20世纪50年代因舒芜的文章《关于胡风反党集团的一些材料》，掀起了波及全国2000多人的浩劫，舒芜在多篇文章里阐述了时代环境、历史背景及个人在其中的思想沉浮。从《回归五四·后序》《舒芜口述自传》《后序附记》《又附记》甚至到晚年时期杂志上的小文章《贾拒认舒版本考》……他多次发声，"当然无力说明全局，也未作此想。我想说的只是我这一份，只是我这一颗棋子，在这一局之中，走过（和被走过）的那几步。"（1999年10月舒芜写给彭拜的信）

舒芜的"说"，只限于自己——"大我"跟前，"小我"如何。对那一场浩劫，他经过几十年认真思索后最直面的自我剖析，是晚年75岁时写就的文章《回归五四·后序》（刊登于1997年《新文学史料》第2期，后收入《回归五四》一书由辽宁教育出版社于1999年出版），里边写道："但是它，导致了那样一大冤狱，那么多人受到迫害，妻离子散，家破人亡，乃至失智发狂，各式惨死，其中包括我青年时期几乎全部的好友，特别是一贯挈我掖我教我望我的胡风，我对他们的苦难，有我应负的一份沉重的责任。"像一个句号，一段结语，以"应负的一份沉重的责任"回答了40多年来外界的愤怒、疑惑、不解和猜忌，并交出了自我心灵的最终答卷。这几乎是我所能找到的舒芜在胡风事件中最大限度的忏悔了。

此后，少见更出自肺腑的发声。

方竹的新书，距《回归五四·后序》刊登过了20年，这期间，"胡风分子"相继去世。舒芜也于2009年8月18日走到了人生终点。书里边，舒芜怎么说？方竹所记录的"说"里会有晚年舒芜新的认知吗？我充满了好奇和期待。

书做得雅致，带着一抹"述往"的时光底色，苍茫之下分明有丝丝暖意。


一、"谁把（胡风致舒芜）信拿出来的"真的重要吗？


《日记中的爸爸舒芜》中，"1997年8月"这一天记道：


午饭后叶遥阿姨（时为人民日报社编辑，为了校对的准确，借走了胡风致舒芜的信件）说，"当年，你爸爸还不想把信拿出来，推说没在身边，是你奶奶从床下拖出个箱子说，喏，都在这里。"客人走后，我问爸爸：是当年不想拿出信吗？爸爸说，不想拿出来，因为那些信挺珍贵的。原来是奶奶把箱子拖出来，这个细节叶遥不说我都忘了。

同样的细节，在《人生实难》中《一个知识分子在政治大潮中的宿命——记父亲舒芜》篇目中出现，该文最早刊登于《新文学史料》。

舒芜的《回归五四·后序》在1997年发表后，各方反应不断。11月29日，作为当事人之一的叶遥在《文艺报》登载了文章《我所记得的有关胡风冤案"第一批材料"及其他》，对自己所经历的情况做了一番陈述，并登门与舒芜叙聊。方竹记录了那一天叶遥与舒芜的重要对谈。

信是奶奶拿出来的，父亲舒芜一开始并不想拿，原因是信很珍贵。这是方竹要传递的信息。她在《人生实难》中对此也情绪激动地表述着："经过抗日，反独裁争民主，他们把希望寄托在新政权上，那时的紧跟，是和理想、信仰而非功名利禄挂钩。对自己及朋友都严格要求，希望和朋友共同前进，这种单纯的执着，竟变成出卖、叛徒；胡风的信明明是被取走，非说是上交，真是无语问苍天！"

信是谁拿出来，谁拿走的，是上交也好，被取走也罢，事实在于，胡风写给舒芜的信，确实是从舒芜家里交出去的。而这些信，直接导致了一个全国性的大灾难——

1955年5月13日，《人民日报》发表了署名为"舒芜"的文章《关于胡风反党集团的一些材料》。文章的编者按说：从舒芜文章所揭露的材料，读者可以看出，胡风和他所领导的反党反人民反革命集团是怎样老早就敌对、仇视和痛恨中国共产党的和非党的进步作家。

舒芜的材料大致有三部分：从胡风给他的书信中摘取一些段落或句子并分类编排；对这些段落或句子分别加上他的注释；舒芜本人的文字。

《人生实难》中，方竹与父亲谈论起这个话题。舒芜说，当时，叶遥拿来批判提纲，宗派主义是最后一个。舒芜说，就写这个吧，因为那是最不上纲上线的。

《回归五四·后序》中舒芜也写道，他最初的文章题为《关于胡风的宗派主义》，后被一改再改成《关于胡风反党集团的一些材料》系"始料未及"。

随后，胡风及各地"胡风分子"如路翎、阿垅、鲁藜、牛汉、绿原、彭柏山、吕荧、贾植芳、谢韬、王元化、梅林、刘雪苇、满涛、何满子、芦甸、彭燕郊、曾卓、耿庸、张中晓、罗洛、方然、王戎、化铁等文化人都难逃其命运，92人相继被捕，或入狱致残，或妻离子散，或家破人亡，下场悲惨。这一场运动全国有2000多人受到波及，时间长达二三十年。

历史并不因时间的流逝而褪色或消失，从李辉的《文坛悲歌——胡风集团冤案始末》、梅志的《胡风传》、彭燕郊的《那代人：彭燕郊回忆录》、贾植芳的《狱里狱外》、晓风编的《我与胡风》，到牛汉的《我仍在苦苦跋涉——牛汉自述》、何满子的《跋涉者——何满子口述自传》、冀汸的《血色流年》……当事人一个个走到前台，叙述并展示了自己所认知的一面。

胡风致舒芜的信，成了历史的一个关键词，也成了舒芜终身的一个敏感词。

## 二、"胡风分子"纷纷疏远舒芜真的蹊跷吗？

方竹在书中写道，1985年胡风一案被彻底平反，公开于出版物上，有关文章逐日增多。反映在父亲生活中的，首先是他的几位朋友的疏远。

语气间能感受到作者的委屈和无奈，那更多的是站在女儿的角度对老父的一种关切和爱。这个时候，感性往往占了上风，尽管作者会认为自己是以理性为基础撰写过往的历史。

方竹文章中点到很多人。

最判若两人的是绿原先生。

1981年，绿原、牛汉合编的《白色花》出版。绿原在序中写道，把这20位作者约到一起来，只有一条理由：他们都是同案人。直白地说，这本合集带有平反的性质。

《白色花》犹如一朵白色的花，象征祭奠和怀念。舒芜也收到这本书，扉页上绿原、牛汉所题的上款是"重禹兄存念"。"舒芜兄"成了"重禹兄"，舒芜敏感地意识到，称呼的改变有什么含义？

此后，不单是疏远，甚至以文章的方式表现决裂。

方竹提到，绿原在各种文章中多次提到舒芜，"要研究胡风问题及其对中国文化界和知识分子的教训，不研究舒芜是不行的。"她认为此话不恰当，改成"要研究胡风问题及其对中国文化界和知识分子的教训，不研究当时弥漫全球的极左社会主义思潮是不行的"会更合适些。

　　舒芜也问女儿，绿原现在这么恨我，怎么当初还和我那么好呢？简直无话不谈。

　　方竹说，仇恨一直埋在他心里，可能他自己都没有意识到。胡风一案不翻也就罢了，案子一翻，仇恨全出来了。

　　不知女儿方竹说这话时，老父舒芜的内心如何作想。"仇恨"的种子，只待发芽生长。

　　后来，方竹认为自己分析得很恰当，因为它"适合胡风派中很多人"。

　　这里边包括贾植芳。

　　2006年，舒芜在《万象》杂志上刊发了《贾拒认舒版本考》，对"传说"中的贾植芳"拒认"舒芜事件进行了考辨。有弟子从贾先生的日记中找到原委："1984年我到北京参加第四次作代会时，……某一天上午，我听到叩门声，开门后，原来是舒芜来访。我以对陌生人的冷淡态度问他：'你找谁？'他则是满面笑容地像熟人的表情对我说：'就找你。'我听后以不屑一顾的冷淡态度回答说：'我并不认识你。'后即随手重重地把门关闭。"

　　舒芜在版本考中说："有没有这件事呢？我不记得有，也就是，我记得没有，可是说者说有。有也好，没有也好，不是什么大事，都没有什么趣味。而说有者乃有四说，形成了四个版本，有趣在此。"

人们因此更愤怒了，认为其不老实，总是王顾左右而言他。

贾植芳于2008年4月去世。方竹书中提起，并写道："其实主动拜访也不会损害贾先生的高大形象嘛。"

还有"胡风分子"彭燕郊，方竹说他与父亲通信或诗歌往来密切，信末有时还写着："此信写得太长了，下次再写吧，总写不完似的。"然而到了2002年，上海召开"纪念胡风诞辰100周年暨第二届胡风研究学术讨论会"后，再无通信。"他和别人谈到父亲时，态度和观点与前大变。"

还有"胡风分子"牛汉。牛汉是"胡风反党集团"众多成员中第一个遭拘捕的。1957年，他被定为"胡风反革命分子"，开除党籍，他以"牺牲个人完成党"做了铿锵有力的回答。1965年审判胡风的会上，牛汉挺身辩护，被轰了出去。

记得2011年1月6日，严寒里，我与《新文学史料》郭娟老师奔赴朝阳区八里庄北里拜访牛汉先生。提到舒芜"交信"问题，牛汉说得斩钉截铁：绝不原谅，毫不含糊。那次他还提到，"舒芜交出信件是个大事件，证明'胡风集团'有人'起义'了。舒芜说聂绀弩同情他，我知道绀弩内心不是这样。我跟绀弩谈过。你舒芜交信考虑过后果没有？你舒芜交出的信，成为中央为'胡风反革命集团'定性的主要依据。后果他知道，不仅仅是交材料，都是自己的好朋友，怎么能这样？！ 1983年，中国作协召开有关胡风问题的座谈会，事后舒芜找过胡风，胡风没让他进太平巷的门。胡风拒绝见他。"

其实以文章反击舒芜的还有"胡风分子"何满子，他的看法代表大多"胡风分子"的看法："如果不是舒芜的'揭发'和上纲上线，并提供那些书信，就不会产生一个子虚乌有的'胡风集团'，成为一个巨大的政治事件，牵涉到那么多的人。连我这个跟胡风毫无关系的人，竟然也受到了牵连。为此，我这些年写了十多篇反击文章。"

李辉出版了《文坛悲歌》后，萧乾写信给他，说："舒芜把信交出之后，当时我正在东单草厂胡同编《译文》，他的宿舍即在那里。那时他仅是人文古典部的一个编辑。真是立竿见影，信交出后，他立即升为古典部副主任，住房也由东屋两间扩大为三间。"（信写于1989年2月13日，收录于《萧乾致李辉信札》，浙江人民美术出版社2020年版。）

…………

众多当事人这样说或那样说。

那么，疏远又说明了什么？

诚然，每个人都有发声的权利，而发出最真实的声音，是对历史最负责任的态度。方竹下笔坦诚，立场鲜明，于她，已尽最大的理性来描绘父亲的思想重压，甚至拿台静农先生的"人生实难"作为书名，勾画舒芜极其不易的一生。

然而，如果"舒芜兄"成了"重禹兄"，已经让舒芜有所感，他又为何不直面自己的内心呢？

# 三、找"相同"的做法，是承担沉重责任的
## 真举动吗？

经历了一个苦难的时代，每一点反思的结果都弥足珍贵。当事人怎么说，在不同阶段怎么说，愈发重要。唯有以个人的惨痛经历与艰难的思想挣扎，向时代与历史昭示一个知识分子在幻想破灭以及挫败之后的最终选择，才能展现个人的道德良知和历史责任感。很多文化老人到晚年都在历史回望中深深忏悔，如巴金写下了《随想录》。他说，以后不能再说假话了。

舒芜2004年2月20日的日记说：他（巴金）这个说法我不同意，他说以后不能再说假话了，意思是当年我们有意说假话。其实当年大多数人是真心实意相信的，尤其是新中国成立初几年，都欢欣鼓舞，我就是真心相信。

按法学教授王人博的说法，这明显是两个语境。巴老的语境是面对历史教训，"不再说假话"，让历史不再重演；舒芜的语境是在历史现场中，说的是真心话，非"有意说假话"。历史现场对于文本而言就是情景语境，而"理解"只能在语境里被理解。舒芜的"较真"，似乎埋有伏笔，不忘为当年自己的行为做解释或开脱。

舒芜说，当时的隐私观念比较淡薄，觉得私人所有东西都可以向党公开，对党不存在任何秘密，鲁迅不也公布私人信件吗？

同样，在《舒芜：不幸的思想者》中，方竹也措辞较为严厉地写道："认清当年的形势，才能弄懂在当时历史条

件下人们的言行。否则，无法解释胡风早在舒芜所谓'交信'之前一年的1954年，就给党中央写信，引用私人信件和私人谈话内容，揭露舒芜……是叛党分子。""按当年的标准，胡风先生这就是为革命着想，在个人感情上，毫不顾惜朋友之情。但是，若按当今对舒芜的指控，他无疑也是卖友求荣，是趋炎附势，是超越道德底线。""胡风和舒芜，言行大同小异，所作所为，或算思想问题，或算道德问题，理应承担相同的社会评价。"

此处让我想起一种"低端"游戏，叫找相同，在不同的图像中找出相同的样式。

当年翻译家冯亦代是章伯钧家的常客，却"卧底"地经常向组织汇报章伯钧的言行，幻想得到组织的信任。此事无人知晓。晚年他主动写进《悔余日录》，对自己的行为进行了忏悔。同样的还有黄苗子"密告"聂绀弩。在反思中他们都没有"找相同"。

事实又真的相同吗？

舒芜曾为自己一生中几次的思想转变做过一番梳理，"解放后三十年，我走了一条'改造路'：先是以改造者的身份，去改造别人；后来是在'次革命'的地位上自我改造，以求成为'最革命'；结果是被置于反革命的地位，接受另一性质的改造。"

从一个接受新思想的青年，到20世纪50年代发表《从头学习〈在延安文艺座谈会上的讲话〉》《致路翎的公开信》，舒芜和当时全国许多大小知识分子一起走上了转向之路，甚至因政治信仰的真诚幼稚而犯下巨大的罪过。"到几

年后的一九五七年，爸爸已意识到很多问题，从无条件信仰到提意见、批评，因言获罪成为右派……"（方竹《人生实难》）

到了晚年，经历几十年的思考，舒芜认为可以说得透彻一些，发表了阐明当年思想观点的《回归五四·后序》："对他们的苦难，有我应负的一份沉重的责任。"

承担什么责任，又该如何去承担责任，舒芜没再多费笔墨。

人们又一次失望。

方竹则在书中鸣不平：（写《回归五四·后序》）没想到依然招来很多不伦不类的指责。她甚至批评外界谴责的声音，"不能简单以当今世俗之心去评判理想高于一切的当年的人和事……缺乏善意公正的理解。"


舒芜晚年真的没有话要说了吗？

"我写了有什么用？他们会说，呵，还在辩护！""你说是这样，他们非说不是这样，没法说！""他们眼睛都盯着我，动辄大骂，算了。"这样的句子，书中多次出现。晚年的舒芜确实不想说了。

说了没用。

"胡风分子"贾植芳先生在日记中写道："因为经过这几年的考察，我发现他（舒芜）对自己50年代犯的卖友求荣的无耻行径毫无悔罪表现，……因此，与他断然绝交，划清界线。"

不是"胡风分子"的很多旁观者也持同样的观点。在钱文亮教授的《个人在历史中——谈舒芜〈回归五四〉》可以看到,"在经历了由他引发的巨大悲剧之后,在人们已经具备反思历史的从容与客观的现在,舒芜还是想将责任推给历史,甚至推出胡风及其朋友们,力求从丑恶的过去中得一个清清白白之身,就显得令人绝望。"

普通读者如我,也唯有一声叹息了。

历史总在不经意间打脸。舒芜年轻时曾把认识胡风当作是自己一生中最重要的事之一,当时,胡风是具知名度的文艺理论家,舒芜还是一名默默无闻的年轻人,他比胡风小20岁。正是这个"最重要",让舒芜的一切最终无法绕开"胡风"二字。这是他这辈子始料未及的,也可以说,避之唯恐不及的。哪怕他后来一再地写《后序》《后序附记》《又附记》,也仍未回到个人承担的起点上。

如果撇开面对历史"当事人怎么说"这个角度,我承认,方竹以一位深爱父亲并为父亲所深爱的女儿的口吻记录并撰写的这两部作品,是反映父女情深的书。

但我不得不承认,人生实难,人的忏悔更难。

# 贾植芳与我的"胡风情结"

## 一

20世纪90年代的一天，我从书架上随手拿出一本书——《文坛悲歌——胡风集团冤案始末》（作者李辉，人民日报出版社1989年版）。翻开，如坠入一个深渊，越坠越深，不可自拔。

这是一场史无前例的运动，2000多人受到波及，不少人家破人亡。路翎、阿垅、鲁藜、牛汉、绿原、彭柏山、吕荧、贾植芳、谢韬、王元化、梅林、刘雪苇、满涛、何满子、芦甸、彭燕郊、曾卓、耿庸、张中晓、罗洛、方然、王戎、化铁，这些如今已成了一个个文化符号的名字被冠以"胡风分子"的罪名，难逃其咎，下场悲惨。

书页翻得我惊心动魄，遂开始以此为轴心，向外扩展追索。梅志的《胡风传》，彭燕郊的《那代人：彭燕郊回忆录》，贾植芳的《狱里狱外》《贾植芳致胡风书札》，晓风编的《我与胡风》，何满子的《跋涉者——何满子口述自传》，冀汸的回忆录《血色流年》，牛汉的《牛汉诗文集》……只要是关于"胡风分子"关于这一冤案的作品，我都尽可能掘地三尺找来瞅瞅。当然，还有舒芜的《回归五四》《舒芜口述自传》。所涉各人角度不同，都从自身出发，围绕同一个案件做各自的陈述。

多年后，我在自己"书人"系列的第一本书《书人·书事》中写到李辉，标题是《李辉不知道，他是我的启蒙者》。对，李辉是我的启蒙者。在"胡风分子"及七月派诗人个人命运于时代大背景下的颠沛流离方面，他着实为我开启了一扇窗，我穿越时空，开始触碰那些于历史大潮中被裹挟着沉浮又不甘为此低下头颅的生命。在这些书的启蒙下，我跟着他开始"滚雪球"，从胡风、七月派诗人，到"五四"文化老人们……

也是多年之后，李辉谈起他写的"文化老人"系列，深切地提到了一个人——他的恩师，被指为"胡风分子"骨干之一的贾植芳先生。"那是1979年，当时我正在复旦念书，他则刚回到中文系资料室当图书馆管理员。每次去找书，他会与我谈上许久。从他那里我知道了不少现代文学中的人物、作品和掌故。"李辉大学期间研究巴金，贾植芳一直强调要看原始资料，要尽量采访当事人，所以他在大学时期开始采访巴金和巴金的朋友。一起在贾先生指导下开始"文学学术研究之旅"的还有他的同班同学，现任复旦大学图书馆馆长、博士生导师陈思和教授。李辉说："这就是我'文化雪球'的核心，之后越滚越大。"工作后，通过巴金和贾植芳，李辉又认识了更多现代作家，如冰心、萧乾、卞之琳、黄苗子、耿庸、王戎、萧军、聂绀弩、艾青、臧克家等。30多年来，李辉就这么"滚雪球"，埋头完成了一部部纪实作品。"贾先生对我确定研究方向和对文化感兴趣方面起了最直接的重要影响，可以说影响了我的一生。"他心底里把贾植芳尊为父辈般的师长，敬仰并热爱着。

2008年4月贾植芳先生去世，《我的人生档案——贾植芳回忆录》2009年1月由江苏文艺出版社出版，贾植芳著，罗银胜编。2008年是个文化灾年，那一年去世的文化老人一个接一个，贾植芳92岁，彭燕郊、王元化88岁……都是"胡风分子"。

还剩牛汉，《我仍在苦苦跋涉——牛汉自述》2008年由生活·读书·新知三联书店刊行。忽然有时不我待的感觉，我迅速与《新文学史料》的郭娟（时任该杂志执行主编，现为主编）联系，2011年1月6号，一个寒冷的下午，我们直奔牛汉先生的北京住地朝阳区八里庄北里。于我而言，那是一个富有历史意义的时间节点，见面一刹那，心底浮现的是"时间开始了"（胡风的诗）。我似乎亲身与历史那趟列车有了交集，牛汉先生所谈的所想的所表露出来的，此刻都已经不重要了，耳边呼啸而来的，是负重的列车伴随着时代风云滚滚而去。2013年9月29日，牛汉先生去世。

二

我一直自称有"胡风情结"——对胡风及"胡风分子"的悲惨遭遇，有着深切同情。往回推，没有贾植芳，也许就没有李辉笔下的"胡风分子"……也许就没有我最初对这一系列人物的关注，以及长此以往对这个特殊群体所抱有的特殊情感，也就没有了后来目视陈思和教授领衔贾先生弟子承担贾氏工程时的血脉偾张……

这只是一个假设，但它完全可以成立。

这根线就这么奇妙地串连了起来，没有缘由。直到这一天，2016年10月11日，我休年假恰巧来到塞上江南甘肃张掖的河西学院。

走进贾植芳研究中心那一刹那，内心世界瞬间定格了。后来我一遍遍地告诉身边的朋友，贾植芳研究中心，设在甘肃张掖。每个人的第一反应是，贾先生生前不是一直在复旦大学吗？紧接着第二个反应是，他的家乡不是山西襄汾吗？我估计其后还有第三、第四个疑问，就像我第一眼看到贾植芳研究中心时，各种问号接踵而至。

不奇怪。贾植芳研究中心真的落户张掖了。

这里先容我列上一个时间表，罗列一番大事记，再细细述说。

2011年9月，甘肃省委组织部前后向上海、南京两地派出了20名大学校长挂职学习。河西学院校长刘仁义从9月5日至2012年1月在复旦大学当校长助理（此时距他到河西学院当校长为时一年）。他希望两个学校"结亲"，把河西学院当成复旦大学在西北的驿站。2012年4月两校达成协议，2012年6月在复旦大学光华楼签署协议，同年增加复旦大学在河西的招生计划。

2012年9月，河西学院第一批老师到复旦大学挂职。

2013年6月，教育部正式批复文件，复旦大学对口支援河西学院工作全面开展。自此，从学术会议到学者互访，双方每年人员往来数百人次。

2013年底，陈晓兰（河西学院1985届的校友，现任上海大学中文系教授）路过贾植芳故居，得知任敏的侄女桂芙女士有处理贾植芳先生藏书的意愿，于是极力向桂芙女士和自己的老师陈思和教授建议将贾先生藏书捐赠给河西学院。其实自2008年4月24日贾植芳先生走完了他92年风雨人生路之后几年里，如何处置贾先生宝贵的藏书，成为陈思和教授和贾先生后辈贾英、桂芙女士多次商讨的问题。

2014年3月捐书意向达成，4月8日河西学院刘仁义校长带队到复旦大学，与陈思和教授具体接洽。自捐书活动筹划始，复旦大学中文系研究生办主任刘存玲，带领陈思和教授的十多位研究生，义务工作，完成了接受来书、整理盖章、清点造册和打包装箱工作，并编辑出了十多万字的《贾植芳教授捐赠书目》。

2014年4月28日，贾植芳先生藏书捐赠河西学院仪式在复旦大学举行。贾门弟子共捐献7036册，复旦大学图书馆捐献26000册，复旦大学出版社捐献500多册，共70多箱。其中，贾植芳先生个人藏书共3300多册，有签名赠书1111册。当得知贾先生藏书将捐赠河西学院后，作家王安忆挑选自己的著作和藏书120册襄助。复旦大学中文系教师和贾先生弟子（包括陈思和弟子）共30多人以贾植芳先生名义也慷慨捐赠图书，使赠书达到了7000多册。

2014年5月20日，这批赠书运达河西学院图书馆，图书馆设立了贾植芳藏书陈列馆（书法家蔡仲渝先生题写了"贾植芳藏书陈列馆"匾额），并组织人员，对贾植芳先生赠书进行了盖章登记和分类编目，短短一个月时间内实现了网络书目查询和开放阅览服务。

2014年7月7日，贾植芳先生藏书陈列馆和复旦学者文库揭牌仪式在河西学院图书馆举行。陈思和教授亲赴张掖参加仪式，并为河西学院全校师生做了题为"我的导师贾植芳先生"的学术报告。

2014年10月11日，贾植芳弟子李辉亲赴河西学院拜瞻贾先生藏书。在他倡议下成立了河西学院非虚构中心及贾植芳讲堂。此外，李辉捐出他与恩师贾植芳先生200多封通信中珍贵的36封，并发愿动员更多的知名文化人和贾先生弟子向河西学院捐书，到河西学院贾植芳讲堂讲学。

其后，在陈思和、李辉和陈晓兰的协调下，贾植芳后人桂芙女士将贾先生书房的六个书柜、一组沙发、一张圆桌、一张写字台和部分贾先生生前用品（衣服、手杖）捐赠给河西学院。

2014年12月4日，河西学院图书馆书记薛栋抵达复旦大学，将贾先生的遗物运到河西学院。

2016年7月2日，由复旦大学和河西学院主办的"贾植芳与中国新文学传承国际学术研讨会"在河西学院举办。会议期间，进行了贾植芳雕像揭幕，国内首个贾植芳研究中心、贾植芳讲堂揭牌，以及黄永玉先生为贾植芳研究中心、贾植芳讲堂题名的书法作品捐赠，贾植芳先生书信捐赠。

同时，陈思和教授捐书200多册（陈老师先前已捐赠1000多册），李辉及夫人应红捐书2700多册。

复旦大学、河西学院两校师生及贾植芳后人亲属代表，以及美国、日本、韩国和台湾地区专家学者等近百人参加了此次学术研讨会。陈引驰教授、谢天振教授、山口守教授、赵建国院长、薛栋书记等都做了大会主旨报告。

2016年7月，陈思和、李辉做了题为"贾植芳先生的印象与非虚构写作"的学术讲座，为贾植芳讲堂的第一讲。复旦大学中文系教授张新颖做了题为"谈沈从文的后半生"的学术讲座，为讲堂第二讲。

2016年7月，现代文学研究专家、华东师范大学教授陈子善做题为"张爱玲搜集与整理"的学术讲座，为讲堂第三讲。

2016年9月，非虚构作家梁鸿做了"我写梁庄"的学术讲座，为讲堂的第四讲。

2016年10月，观复博物馆馆长马未都做了"我与观复博物馆"的学术讲座，为讲堂的第五讲。解放军原副总参谋长熊光楷将军做了题为"国际关系和国家安全"的学术讲座，为讲堂第六讲。

2016年12月，著名媒体人、时事评论家曹景行先生做客贾植芳讲堂，讲述"我所经历的美国总统竞选"，为讲堂第七讲。

…………

从时间表可以看到，在长达数年的时间里，数十人乃至上百人，在接力完成这一件不管从籍贯还是从渊源上都似乎讲不通，但是天高地远风轻云淡至善至美的义举。

参加揭牌仪式后，陈思和为河西学院收藏恩师贾植芳的藏书而深深感动，发自肺腑地说："书在人就在，生命就在。贾先生的书在河西学院，他的精神和灵魂就在河西学院，河西学院就是我的家，我一定会再来。只要河西学院需要我召唤我，要我上课、讲学、做任何事情，我都会抽时间来，因为这里就是我的家。"

同样发自肺腑的还有一个人，李辉。在留言簿上，他写下："历史有缘，与贾先生相遇复旦，一生从此改变。感恩唯有回报，愿为河西尽心尽力。文化传承，先生永在！"

…………

肺腑之言当然还有很多很多，河西学院贾植芳研究中心留言簿上落满墨迹，饱蘸深情，分明传递着一份文化情怀，一份文学召唤。

那晚，如水夜色下，张掖宾馆的湖边，我们一圈圈地绕湖行走，比赛着谁走路的里程多。年届花甲的李辉像个小朋友，已化为"张掖人"不能自拔，他细数着下一年的讲堂版图：池莉、白岩松、曹可凡、毕飞宇、张炜……天上的星星一闪一闪，他的大眼睛也一闪一闪，西北夜空下涟漪荡漾的湖面竟是那么美。


三


河西学院时任校长刘仁义教授理科出身，有着深深的人文情怀。我们穿过偌大的校园，一草一木一砖一瓦皆整洁有序。刘校长颇为自豪："与复旦合作，能一流就一流，打扫卫生也可以一流。建设学校，我们有理想、标准和制度。"

草坪上立着一块不规则的石头，上边刻着两个红色大字"大家"，彰显着艺术之美。河西学院是丝绸之路河西走廊兰州以西乌鲁木齐以东2000公里内唯一的一所综合性本科学院，在这里处处流淌着一种精神，一种理念。对，"灵魂激活了！""捐书，建馆，安家，这是三部曲，我们要把贾植芳陈列馆变为一个交流的空间和平台，让学术薪火继续传承下去。"刘校长展望着，"这是一个个美丽的故事。"

在张掖的那些天，我听到了很多美丽的故事。它们在冥冥之中，如一股股无形的力量，一只只看不见的手，把河西学院与贾植芳先生联系起来。缘分，其实早就种下了。

贾植芳的弟子遍天下，陈思和教授是多年陪伴在他身边的弟子之一，对他有着亦师亦父的亲密感情。1992年，陈思和招收的第一个硕士研究生何清（现苏州科技学院教授、图书馆馆长）恰好来自位于张掖市的河西学院（2000年以前称张掖师专）。在何清对故乡地理风物及美食的描绘下，陈思和对河西走廊及河西学院有了一些感性的认识。陈思和2000年招收的比较文学博士生陈晓兰，则是河西学院1985届的校友。陈教授对母校的感情十分深厚，对贾植芳先生非常敬爱，当她听闻贾先生藏书亟待安置的消息后，极力向桂芙女士和陈思和建议将其捐赠给河西学院，并促成了这桩文苑佳话。陈思和为此赋诗赞之："西北芝兰海上传，幽香暗渡黑河川。贾门三代情诚系，一纸史诗比石坚。"这首诗的墨宝装裱后置于镜框中悬挂在河西学院图书馆的贾植芳研究中心内,面向东南,满屋芬芳。

更神奇的是,河西学院图书馆书记薛栋,1982年毕业,分配进河西学院图书馆工作,1984年5月派至复旦大学图书馆实习,有幸成为时任馆长贾植芳先生的下属员工;30年后的2014年4月,他再次来到复旦大学图书馆挂职3个月,又成为复旦大学图书馆陈思和馆长的属下,由此与贾先生师生两代结下了难得的情缘。此次图书的搬运及捐赠仪式、贾植芳藏书陈列馆揭牌仪式,他都是重要的参与者之一。作为一名在图书馆浸润了35年,当馆长15年的"老馆藏",他对贾植芳藏书有着与众不同的感情。在他眼里,这些书架上的书本,俨然是一个个珍藏着人生密码,有着体温和情感,诉说着世事变幻的生命。

如果说他们三个河西人与贾先生以及陈思和的相遇是一种巧合,那么,更巧的是,河西走廊有中国第二大内陆河黑河。黑河发源于祁连山脉,是张掖的母亲河。黑河边有一个古代遗址,叫"黑水国",当我们金秋十月跋涉抵达时,那个神秘的"黑水国"只剩沙漠里一处小土堆。旷野寂寥,枯木无声。可是,万里之遥海上之滨陈思和教授的书斋,竟然取名"黑水斋"!这是暗合还是神合?唯有天知道。陈思和有感而赋诗:"黑水藏书本我愿,斋名伴读十余年。今知古国合天意,复旦河西喜结缘。"

至此,我们只得感慨造物主的神奇。

莫急,意外的事情陆续而来。

在陈列馆的玻璃橱柜里,展示着薄薄的两页书信,抬头是"尊敬的贾先生：您好！并拜问任敏先生安好！"

因字数不多，这里全文抄录如下：

在1989年5月在武汉全国首届胡风文艺思想学术讨论会上有幸拜识先生，至今六年过去了，无缘再聆听指教，但对您时怀尊敬想念之心。今托何清老师奉上《胡风文艺思想新论》一书，敬请先生批评指导。我一生身处边塞小城，教学之类工作十分繁忙，且见识闭塞，资料缺乏，利用业余时间矻矻孜孜研究胡风文艺思想，而有《新论》的出版（此书的出版也是极其艰难的），以我的条件，此书的浅陋可想而知，因此奉献于先生之前，觉得十分汗颜，虽然如此，此书所述，都是我个人研究中的所见所识，而且从研究中益愈崇敬胡风先生的为人和为文，也包括像对先生这样的胡风故交好友的敬仰和爱戴。因此专诚奉上，聊表敬意。如先生能有时间一顾，并把批评意见告我，则幸欣感谢之至。

落款"尚延龄，1995年5月26日于张掖师专"。

20多年前的一封信，从张掖师专——河西学院的前身——投寄出去，抵达贾植芳手中。贾植芳先生当年回信与否，我们现在无从查证。但信纸保存完好，规整地夹在《胡风文艺思想新论》一书中，与这一批赠书一起回到河西学院。像是一个轮回，一份由胡风思想联结起来的信之情缘天南水北20多年源远流长。写《胡风文艺思想新论》的尚延龄老人早已退休，回到故里。学院老师说，他儿子尚缨现为河西学院艺术系老师，他见证了父亲当年写给贾植芳先生的亲笔信回到"贾植芳研究中心"。

这不得不让人再次惊讶。

美丽的故事，自有它美丽的力量在。

贾植芳先生是非常接地气的作家和学者，有着深深的草根情怀。陈思和教授得其真传，早在上世纪90年代，就身体力行地主编并推动出版了甘肃作家作品系列，对西北一隅的文化现象及民间文化十分关注。也正因此，他认为把贾先生藏书安放在遥远的西部，符合贾先生一贯的精神。种种缘由，促使他及一大批贾先生的弟子主张将贾植芳先生藏书捐赠到河西学院。

见到贾植芳先生的藏书运抵贾植芳研究中心后，陈思和教授赋诗一首，表达心怀："感念恩师灵在天，遗书护送到祁连。植芳万里丝绸玉，浩瀚精神大漠烟。"据工作人员介绍，在贾植芳藏书陈列馆揭牌仪式上，他朗诵了这首诗。在"贾植芳与中国新文学传承国际学术研讨会"上，他哽咽着朗诵了清早写就的一首现代诗《对着先生的雕像》，眼眶充满了泪水，在场所有人闻之无不动容。（他其实哭得像个孩子，情不自禁，我第一次看见他流泪。李辉先生在晚饭时伏在桌子上哭泣。）

## 四

贾植芳（1916—2008），"胡风分子"之一，七月派重要作家、翻译家，现当代文学研究著名专家，比较文学学科奠基人之一，生前曾任复旦大学教授、复旦大学图书馆馆长。一生编著图书50多部。

在他晚年的自传《我的人生档案》自序中，有这么一段话："我曾自号洪宪生人，以后又经过了军阀混战，国民党专制，抗日战争等时代。一直到高唱'东方红、太阳升'的新社会，有缘的是我每经过一个朝代就坐一回牢，罪名是千篇一律的政治犯，作为一个知识分子，我是认真付出过沉重的生命代价的。我在这个世界里的追求爱憎信念以及种种个人遭遇，都可作为历史的见证。为青年及后代提供一些比正史官书更加丰富和实在的东西。"

贾先生经历的四次牢狱为：

第一次进监狱，是因为参加了1935年那场著名的"一二·九"学生运动，大约俩月时间；

第二次进监狱，是因为在徐州搞"策反"，被日伪抓进监狱，大约不到一年；

第三次进监狱，是因为"煽动学潮"，被国民党抓进监狱，约一年；

第四次进监狱，是因为"胡风分子"进监狱，前后（坐牢+改造）约23年。

所幸的是，每次挨批斗之后，他便自己改善伙食，抽点好烟犒劳自己。"从心里可怜这些批斗自己的人，因为他们是'奴在心者'。"

他与胡风的交往，有师生情，更深的是私谊。陈思和教授在河西学院的贾植芳讲堂上讲过一个故事。贾植芳从日本回来后经胡风介绍到重庆某报馆谋生，之前两人没有见过面，"胡风接到信，就匆忙地在整个重庆报界找贾植芳这个人。可能是一副落魄的样子，使他感到意外又不是意外，所以显然使他竟有些黯然伤神的表情。他的眼睛湿润了，以至他竟顾不上围绕着他的那片亲切笑容，立即从长衫口袋里摸出一卷钞票，跨步递给还坐在地上的我，声调温和地说，'这是二十元钱，你过去在前方寄稿子来，还存有一点稿费。'"这些点滴细节，足以证明贾植芳心目中的胡风是何等高大。以至于后来尽管得到来自哥哥贾芝（李大钊女婿，2016年1月去世，为中国社会科学院民族文学研究所离休干部）的警告，受到各方的压力，贾植芳对胡风均无疏离避祸之举，身陷囹圄之后，也保持了志士之尊君子之风。

他与妻子任敏风雨60年的爱情，更被传为佳话。1955年后，贾植芳因"胡风分子"身份遭牢狱之灾，夫妻分隔长达11年之久。1962年，任敏被放了出来，她跑回贾植芳的老家山西襄汾侯村。"1963年10月，我在狱中突然收到一个包裹，包裹的布是家乡织的土布，里面只有一双黑面圆口的布鞋，鞋里放着四颗红枣、四只核桃。""我激动极了，抱着包裹，流泪了。一遍遍告诉自己，她还活着，任敏还活着。"任敏晚年犯病卧床不起，贾植芳不离不弃悉心照料。2002年任敏离世后，贾植芳每天早上在她的遗像前放置一杯牛奶，说，这是任敏的早点。这一习惯，保留到2008年他过世。

待平反之时，贾植芳已经65岁了。之后虽然历任复旦大学教授、图书馆馆长，中国比较文学学会第一届副会长……然而他对自己的创作成就有很清醒的认识："我虽然从三十年代以来，就开始学习写作文学作品，并出版过小说集、散文集，也写点剧本和杂文等，但我充其量不过是文坛上的散兵游勇；虽然我甚至因文受祸，在新旧社会都吃过断命的政治官司，从五十年代以后，就基本做了绝育手续，实在算不得什么作家。八十年代初期，我又蠢蠢欲动，试图重新挣扎，写了些小说和散文。"

对自己一生的评价，他总结为："生命的历程，对我来说，也就是我努力塑造自己的生活性格和做人品格的过程。我生平最大的收获，就是把'人'这个字写得还比较端正。"

贾植芳的研究生严锋说，每当我结交新知，告诉人家先生是我的老师的时候，对方十有八九会立刻变作肃然起敬的神色。做先生的学生，我常常有一种说不出来的骄傲。

此时，我就有这么一种骄傲，对着电脑屏幕，在空白的文档上，写下的是关于贾植芳的文字。不管分量如何，不管文笔如何，至少，我在触碰历史，触碰那些因受李辉老师启蒙而持之以恒关注的"胡风分子"的命运及其他。在"贾植芳研究中心"的留言簿上，我思量了半晌，不敢轻易下笔，最后，一笔一画地写下："端端正正做一个'大写'的人——观贾植芳研究中心有感"，以此表达我对贾先生的敬仰和缅怀之情，也借此作为对自己未竟之业的鞭策和警醒。

## 五

贾植芳曾当着夫人任敏的面对陈思和说："我们无子无

女，也没有任何家产，所有的财产就这几本书。"

河西学院图书馆的贾植芳藏书陈列馆里，25组定制的书架，一行行有序排开。从复旦大学运来的贾植芳7000多册藏书便在此处安身立命。图书馆书记薛栋介绍，贾先生位于复旦大学第九宿舍家中的藏书，是他在1978年平反昭雪恢复工作后陆续积累起来的。其来源主要包括：一是先生20多年来节衣缩食不断光顾书店所购买；二是多年的老友、同人、学生和出版编辑机构赠书，而赠书中签名本数量很多，每本书都有着生动的故事和特殊的纪念意义。贾先生大量的藏书以现代文学作品集和研究类图书为主，其次为中国古典文学和外国文学类图书，也有部分哲学社会科学和研究"文革"的图书，而最具特色的当数有关"胡风集团"的图书和比较文学研究类图书。

书架上有多种分类，包括贾植芳藏书（中国当代小说）、贾植芳藏书（中国文学作品集）、贾植芳藏书（各国史 亚非欧澳美）、贾植芳藏书（综合性图书）、贾植芳著作与研究、七月派研究、胡风问题与胡风作品、胡风相关作家作品等。罗洛、牛汉、王元化……"胡风分子"中很多熟悉的名字，都在这里一一出现。翻开书页，看着浓淡不一的字迹，或横或竖的亲笔签名，远近各异的落款时间，恍惚间有生命脉搏在其间跃动。梅志、绿原、徐放、化铁、张中晓、路翎、王元化、阿垅、鲁藜、彭燕郊、罗洛、牛汉……这些因"胡风案"四处飘零的"分子们"，似乎又聚拢到一起了，时间并没有把他们分开，从七月派到"胡风分子"，历史老人不过是开了一个大大的玩笑而已。他们，依然挺立着，正如牛汉在他的回忆录中所写到的："我和我的诗所以这么顽强地活着，绝不是为了咀嚼痛苦，更不是为了对历史进行报复。我的诗只是让历史清醒地从灾难中走出来。"

我开始找寻一个人，他很重要，又很另类，他与这一批人是格格不入的。所有因"胡风案"而起的血雨腥风中，他甚至有"始作俑者"之嫌，以至于后半生背负着不被饶恕的荆条，踽踽独行。是的，他便是舒芜。

在《回归五四》的后序中，舒芜曾经写道："那么多人受到迫害，妻离子散，家破人亡，乃至失智发狂，各式惨死，其中包括我青年时期几乎全部的好友，特别是一贯挈我掖我教我望我的胡风，我对他们的苦难，有我应负的一份沉重的责任。"这几乎是我所能找到的他对自己最大限度的忏悔了。

拜见牛汉先生时，我特地求证了在"交信"问题上他对舒芜的态度。89岁的老人思维敏捷，逻辑清晰，面对我斩钉截铁地说，绝不原谅，毫不含糊。

恍惚间，我仿佛看到了一些"胡风分子"平反后的场景——

贾植芳访路翎，他们在一间无门的平房里见面，一块儿喝带去的二锅头。路翎时而默然，时而冲出房间悲愤嚎叫。其房间无书，书架上摆着瓶瓶罐罐，装着油盐酱醋，书桌上，只有一张《北京晚报》。

贾植芳访萧军，问："老萧，你还认得我吗？"萧军说："怎么敢忘记呢？胡风家里的那个贾植芳。你在我这里吃个便饭。"贾植芳说:"算了吧,咱们就见见面。再见面就是开追悼会了。"再见时,头发都白了。不久讣告就来了,向遗体告别。

···········

书架上,没有发现"舒芜"二字。我想,这很正常。可转念间又有些微失落。离开张掖前的一天,大侠突然喊着:"快,发现了一本。"跑过去,薄薄的一本,《说梦录》,上海古籍出版社1982年出版,品相达九品,保存完好。翻开,扉页上写着"植芳任敏兄教正,舒芜1982年12月26日"。

这个时间值得认真考量。因为,1982年之后发生的一系列事件,关心的读者应该清晰如昨。2006年,舒芜在《万象》杂志上刊发了《贾拒认舒版本考》,对传说中的贾植芳"拒认"舒芜事件进行了考辨。贾植芳阅后补了一句:"这个人无聊。"有弟子从贾先生的日记中找到原委,说上边写得很清楚:"1984年我到北京参加第四次作代会时,住京西宾馆,舒芜也作为出席会议的代表来访问我,被我拒绝情况,事实是,在会议期间,某一天上午,我听到叩门声,开门后,原来是舒芜来访。我以对陌生人的冷淡态度问他:'你找谁?'他则是满面笑容地像熟人的表情对我说:'就找你。'我听后以不屑一顾的冷淡态度回答说:'我并不认识你。'后即随手重重地把门关闭。因为经过这几年的考察,我发现他对自己50年代犯的卖友求荣的无耻行径毫无悔罪表现,是一个有才无德的无耻之徒。因此,与他断然绝交,划清界线。"

历史的烟云，总这么聚拢来又散开去，当事人、亲历者最有发言权。

陈思和教授说得好："当我研究现代文学的时候，现代文学就是一条河流，我就是这个河流里面的一块石头。……那么这个文学史就是一个活的文学史，是有生命的文学史。我是在这个里面的一个人，就像河流里的一块石头一样，我感受到这个传统在我身上这样流过去。"（《我的导师贾植芳先生》）

我这里也想套用陈思和老师的语式，因了河西学院贾植芳研究中心，因了贾植芳藏书陈列馆，因了这些七月派的作品，现代文学史在我的眼前徐徐展开。因为有了陈思和、李辉，对我而言情况就不一样了。我看到的贾植芳便是陈思和、李辉的老师贾植芳，而我脑子里记得的胡风就是曾经与贾植芳过从甚密的胡风了，我脑子里记得的鲁迅就是曾经教导过胡风的鲁迅了……这样一来，这些人跟我的距离就拉近了。

陈引驰教授称贾先生藏书是"精神遗产的有形载体"，"当你打开一本书，阅读书页上的批语、感悟时，其实就是在用一种清晰可见的方式与前辈进行思想的沟通……"

不由得羡慕河西学院的学生，他们何其幸哉，可以从书架上随时拿下一本本书，随时翻开一本本签名本，随时找出一条条生命经纬，随时把细细地理清脉络作为自己的研究课题，写下论文。那将是一种极好的自我提升和历史保存。

# 六

历史的天空，总那么高远。

"贾植芳藏书陈列馆今后将进一步收藏贾植芳著作、手稿、日记、书信和贾植芳研究资料，胡风问题研究资料，七月派及现代文学流派研究资料，贾先生弟子与复旦学者个人著述。通过不断的专题特色文献汇集，建设国内特有的贾植芳研究文献信息中心，固化贾植芳藏书捐赠和复旦大学对口援建河西学院的成果……"

"着力打造国内贾植芳研究中心、贾植芳研究文献信息中心和贾植芳品格育人阵地……"

在河西学院，我接触到很多很多老师，听到的并非一派豪情壮语。学校大事记的目录正一行行往下延伸，进入2017年，项目还在扩展。

贾植芳先生一生飘零，颠沛流离，历尽坎坷，其身后，他的藏书带着他的人格魅力他的思想遗产，欣然抵达广漠的大西北"安身落户"。从这个意义上讲，贾先生是幸运的。他没有后代，但弟子们都是他的学术后代，这一批后代还将越来越壮大。在复旦大学，在河西学院，在广大喜爱七月派作品的读者中，变得波澜壮阔，以先生朴素的做人理念为座右铭，认认真真画一个大写的"人"字。

（注：本文写作得到李辉老师、时任河西学院刘仁义校长、图书馆薛栋书记、文学院赵建国院长及王明博老师

的大力支持，同时参考了陈思和教授在贾植芳讲堂上所做的学术讲座内容及其著作《我的导师贾植芳先生》，特此感谢。）

第四辑

# 阿伦特的审判和被审判

　　我一直对"平庸的恶"这个词语非常反感，很希望有更好的译法，也试图努力进入这个语境，去理解所谓的"平庸"和"恶"。但遗憾的是，理解力总是跟不上，就算勉强从字面上硬啃，内在也消化不到位。

　　随着各种关于汉娜·阿伦特的书出版，比如传记、著作评论、书信等，我更觉得她所表述的，与我们理解的，存有很大的距离。这里边有歧义，有误读，有一厢情愿的理解。就像她的《艾希曼在耶路撒冷》出版后，学界铺天盖地地加以"围剿"，但她并不承认人们所理解的是她所表述的。也就是说，大家谈论的，并不是她的书。人们的"不判断"，"不思考"，机械地被固有的解读所引导，视之为"真理""真相"，并不断地"发扬光大"。正如"平庸的恶"，成了汉娜·阿伦特的标签。

　　面对各种声音，汉娜·阿伦特少有（或是懒得）回应和辩护。用研究专家萨曼莎·罗斯·希尔在《我愿你是你所是：汉娜·阿伦特传》一书中所说："她的政治思想没有既定的分析出发点，也没有固定的框架。她写作不是为了解决实际的政治问题，也并非在构建一个哲学体系……她的工作渗透了苏格拉底的精神——它是对话式的，乐于接受质疑，不断回到起点。"

开放性和对话功能，是阿伦特政治思想的核心。这应该归功于阿伦特在海德堡大学的论文导师卡尔·雅斯贝尔斯，正是他这一哲学思想，影响和贯穿了阿伦特一生的思考和论著。

汉娜·阿伦特确实是一个传奇——18岁上大学，凭其与众不同，让自己的老师、36岁的有妇之夫马丁·海德格尔对她一见钟情，两人"相爱相杀"缠绕多年（关于情感和心灵，是私域问题，阿伦特分得很清楚）；后跟随埃德蒙德·胡塞尔上了一学期的课；进入海德堡大学，指导老师是卡尔·雅斯贝尔斯，他们成了一辈子的师友，在无限对话中互相理解；她与瓦尔特·本雅明保持良好关系；与君特·安德斯结婚又离婚；与保罗·萨特、西蒙娜·波伏瓦、阿尔贝·加缪、茨威格相识往来；与安妮·门德尔松成为好友；与海因里希·布吕歇尔相恋结婚；在布吕歇尔去世后，她有了两位亲密伙伴 W. H. 奥登、汉斯·摩根索，但拒绝了他们的求婚（奥登的求婚是柏拉图式的，但阿伦特认为，"以我们当时的年龄，已经不可能有年轻时容易获得的那种亲密无间的友谊"。这不妨碍他们的友谊）……

纵观阿伦特69年生涯，"身边人"个个大放异彩。他们或许同道，或许求同存异，但思想的练习、交流、碰撞从未停歇。

尽管早在1951年阿伦特就写出了《极权主义的起源》，

思考极权社会对人的影响，尽管这部作品为她奠定了作为一个政治理论家的国际声望，但对阿伦特的声名影响更久远的，是著名的艾希曼审判。这也是持续50多年一直存在争议的"平庸的恶"的出处。

## 对艾希曼的审判

1960年5月，德国纳粹战犯、负责执行犹太人灭绝计划的党卫军军官阿道夫·艾希曼在阿根廷被捕。随后，以色列将其引渡，耶路撒冷地方法院准备对他进行一场全球瞩目的审判。这场审判成为全世界司法程序的试金石。

审判定于1961年春天举行，汉娜·阿伦特看到以色列公布艾希曼的审判日期后，特意调整了她在美国西北大学、哥伦比亚大学和瓦萨学院繁忙的教学计划，并推迟了洛克菲勒基金会为期一年的资助。她告诉基金会："你们会理解我为什么要报道这场审判；我错过了纽伦堡审判，我从未见过那些活生生的战犯，这很可能是我唯一的机会了。"她在写给瓦萨学院的信里说："我隐约感到，参加这场审判是我对自己的过去必须履行的义务。"汉娜·阿伦特是犹太人。

汉娜·阿伦特向《纽约客》主动请缨到现场报道。她欲将自己这次的出席，看作是一次检验自己极权主义理论的机会。

前往以色列，阿伦特带着问题出发，深厚的知识背景和犀利的敏锐感，令她选择略过个案看全景。对大屠杀事件的重访，对时下社会思潮的仔细检视，甚至对同侪学术观点的理性评判……所涉领域几乎涵盖了阿伦特所思考和关心的所有公共议题。

在漫长的审判中，汉娜·阿伦特旁听了本次庭审。

1961年4月20日，阿伦特给丈夫海因里希·布吕歇尔写信，描述了她对那场审判的初始印象："这里一切都在按照人们的预期进行，有高潮有低谷，玻璃罩子里那个鬼魂听着他的声音从磁带里播放出来。我猜你已经从报纸上读到他希望自己被公开处以绞刑。我哑口无言。整件事情真是平庸至极，无法言说的卑劣，令人厌恶。我现在还不能够理解，但我感觉在某个时刻那个硬币会掉下来，很可能会掉到我的腿上。"（这个硬币指的是什么，我们不清楚，是否就是后来她论述中的"平庸的恶"？）

阿伦特原本期待在这场审判上能见证对艾希曼犯下的滔天恶行的指控，但法庭连续好几天连艾希曼的名字都没提，也没有对这个恶贯满盈者的审判，诉讼程序变成了对"犹太人的不幸"所做的"某种历史评估"。她如坐针毡，想要离席而去，同时又担心如果走了会错过什么。

1961年12月15日，审判结束，阿道夫·艾希曼以"反犹太人罪"被判处死刑。在他的上诉被以色列法庭驳回后，1962年6月1日，艾希曼被处以绞刑。

## 阿伦特对事件的审判

在仔细研究了以色列警方对艾希曼所做的3000多页的

审讯记录，以及冷静观察了艾希曼在法庭上的表现，法庭的回应及审判之后，阿伦特写下了一组报道，于1963年2月15日至3月16日分五次在《纽约客》上连载。同年5月，这一系列报道以图书形式出版，名为《艾希曼在耶路撒冷：一份关于平庸的恶的报告》。

对阿伦特而言，这场审判让她忧虑：

正义需要审判来彰显，然而她看到的审判变成了一场表演——一面高举着正义的旗帜，另一面却并没有真正审判被告的罪行。也就是说，在审判开始之前，判决就已经确定了。审判的目的只是提供一份记录，让人证出场。

阿伦特对诉讼程序感到不满。

在报道中，她抛弃了法院对艾希曼的判词和量刑，提出了她自己的版本："政治不是儿戏。论及政治问题，服从就等于支持。您（艾希曼）支持并执行了不与犹太民族，以及诸多其他民族共享地球这项政治意愿，似乎您和您的上级有权决定，谁应该或谁不该居住在地球上；同理，我们认为没有人，也就是说，整个人类中没有任何一个成员，愿冒天下之大不韪与您共享地球。正是这个原因，这个独一无二的原因，决定了您必须被判处绞刑。"

尽管对诉讼程序的正义性持谴责态度，阿伦特自己也判处艾希曼死刑。她的判词不是法律意义上的，而是针对法院诉讼程序的抗辩。主要有以下几点：

1. 审判是失败的。审判原本的意义是通过证据和辩论来证明个体及其行为触犯了法律，但从理论上讲，艾希曼没有触犯任何法律，他是在执行那些从一开始就不该被制定的法律。

2. 艾希曼不应当以其针对犹太人的罪行被判有罪，而应当以其针对全人类的罪行而被惩处，即艾希曼应为他的"反人类罪"而不是"反犹太人罪"受审并受到惩罚。

3. 艾希曼"平庸之恶"来源于他对集权政府灌输给他的命令"不思考"和"不判断"。

4. 犹太人委员会可视为纳粹的同谋，也该受到审判。在执行整个最终解决方案的过程中，一直都有犹太人团体即犹太人委员会的筹划和配合。但在法庭上，犹太人委员会罔顾事实。阿伦特由此提出了领导层与个人的责任相关问题，比如，犹太人委员会是否有权力擅自为受害者们做决定？谁授权他们拒绝把关键信息提供给那些自发登上遣送列车的人？……

由于阿伦特对艾希曼审判做出了不同于主流观点的分析，尤其她在书中对人类意识、道德和政治的论述让很多人难以接受，《艾希曼在耶路撒冷》的出版遭到了犹太世界的广泛批评和抵制。作品直到2000年才被翻译成希伯来文，得以在以色列销售。

## 《艾希曼在耶路撒冷》出版后学界对其进行"审判"

《艾希曼在耶路撒冷》面市后，引起轩然大波。纽约文学界开会，用参会诗人洛厄尔的话讲："大会如同一场审判。"

会场所在的酒店就像一个作战室。数百人涌进大堂，历史学家劳尔·希尔贝格、犹太复国主义作家玛丽·瑟尔金和哈佛教授丹尼尔·贝尔先后登台，谴责不在场的阿伦特。会上只要一提到她的名字，人们就会"报以嘲讽的掌声"和"惊骇的叹息"。美国犹太裔剧作家阿贝尔则愤怒地用拳头敲击着桌子。

作家、评论家玛丽·麦卡锡说，那场会议不亚于一次集体迫害。

那年夏天，犹太复国主义者格肖姆·肖勒姆写信给阿伦特，说她对审判的报道让他感到"怒不可遏"。他震惊于她的口吻，震惊于她竟然指出犹太人是这场灾难的同谋（即犹太人委员会，他们负责遴选要被遣送到集中营的犹太人）。

美国历史学家、美国大屠杀纪念博物馆的顾问德博拉·E. 利普斯塔特在《艾希曼审判》（该书2022年11月由译林出版社出版）中特意用很多篇幅"剑指"阿伦特。

在利普斯塔特看来，阿伦特的观点是：艾希曼没有表现出"狂热的反犹主义"，对犹太人也没有"天生的仇恨"，他是"平庸之恶"的典型。而所谓的"平庸之恶"，是艾希曼以及众多德国人毫无觉察地完成从正常人向凶手的转变。

利普斯塔特认为，在整个事件中，阿伦特一直以多个语调（她用"复调"这个词表达，萨曼莎·罗斯·希尔用的是思想的"复多性"）在说话。一方面，充满了对纳粹意识形态支持和理解的表达；但另一方面，支持以色列对艾希曼的审判并将其处以死刑。

之所以会有"复调"，她认为阿伦特忽视了大屠杀赖以存在的基石——长久的、使犹太人备受折磨的反犹主义的历史。倘若没有在西方文化中（既有世俗的，也有宗教的；既有已启蒙的，也有未启蒙的）如此根深蒂固的早已存在的敌意，纳粹不可能完成他们所犯下的罪行。遗憾的是，在阿伦特所讲述的大屠杀的版本中，反犹主义只是扮演着一个显然不太重要的角色。

## 阿伦特对学界"审判"的回应

利普斯塔特的论点出来得太迟，此时距阿伦特去世已近50年。这样的观点也只是众多观点中的一例，并未"出奇制胜"。

不过阿伦特在世时，曾对一些观点有所回应。在文章《真理与政治》开头，有一段话做了交代："源自《艾希曼在耶路撒冷》一书出版后引起的所谓争议，它的目的是澄清两个不同但又相互交织的问题，我之前没有意识到这一点，但它的重要性已经超越了这个事件本身。第一个关于一个问题，说真话是否总是对的……第二个源于在'争议'中出现的数量惊人的谎言——一方面是关于我写了什么，另一方面是关于我报道的事实。"

对人们在《艾希曼在耶路撒冷》中几个常见的误解，阿伦特在接下来几年里通过演讲、文章和论文进行了回应。

第一个误读，是她所谓的"恶之平庸性"的意思。阿伦特在 1964 年接受约阿希姆·费斯特的采访时直接回答了这个问题："其中一个误解是，人们认为'平庸'就是'普通'。但我认为……这不是我的意思。我没有一丁点暗示说，我们所有人都可能是艾希曼，人人身上都有艾希曼。"

第二个误读，对阿伦特"恶之平庸性"的常见反应是，她是在宣称任何人都可能犯下艾希曼所犯的罪行。

在阿伦特看来，这是一个判断力的问题。她区分了法律问题和道德问题。这两者并不相同，但它们有某种相似性。相似的是它们都预设了人是有判断力的。不同的是，从理论上讲，纳粹政权所做的一切都是合法的——他们是在遵从法律行事。在这个意义上，艾希曼犯下的并非正常意义上的罪行，但显然他所做的是错误的，错误是一个道德问题，而非法律的判断。当一个人违反的是道德准则而非法律条款，我们又能让他承担怎样的个人责任呢？

艾希曼不只是违反了社会的规范性道德秩序，因为极权主义已将全部既有的道德判断准则尽数推毁。如果个体判断力已经几乎全线崩溃，那么在某种程度上，每个人都负有政治责任。

对阿伦特而言，问题是："那参与其中的人和选择抵制的人有什么不同？"答案是思考能力。没有参与的人是那些敢于做出独立思考的人，他们能够这样做，是因为他们自问，如果做了某些事，他们在何种程度上还能与自己和平相处，他们决定什么也不做会更好，因为这是他们唯一能继续生活的方式。那些没有"随大流"的人选择了思考。

对阿伦特报道的反应，本身就是一个重要的政治现象。

有学者问阿伦特，她是否认为她的作品引起的反应为犹太人生活和政治的紧张状况提供了新的认识视角，以及她认为这些攻击背后真正的原因是什么。阿伦特说，她感觉自己"无意中触碰到了德国人称之为'无法掌控的过去'中的犹太部分"。她补充说："今天在我看来，这个问题迟早都会浮出水面，我的报道只是将它具体化了。"

不过，阿伦特的确认为对她发起的攻击是有组织的，因为她提到了犹太领导层的角色，所以受到攻击的犹太组织就发起了反击。

## "审判"之路还很长

在阿伦特很小的时候，母亲玛尔塔就告诉她，如果她因身为犹太人遭到攻击，她就必须作为犹太人来保卫自己。"你的犹太身份不是一个问题或一个选择，而是与生俱来的事实。"

阿伦特从来没有定义过自己，她唯一一次宣告自己的身份，是她感觉到作为一个犹太难民时有政治上的必要性。但她没有对一个民族的爱，她抗拒这个概念所蕴含的意识形态的推动力。"在我的一生中，我从未爱过某个民族或集体，我只爱我的朋友，而完全无法拥有任何其他种类的爱。"

同是犹太人的著名思想家托尼·朱特，也表达过同样很重要的观点，大意是，各种对犹太人大屠杀的祭奠，给犹太人造成了两方面的影响：一是给对以色列的无条件的热爱以正名，一是强化了辛酸的自我认识。这是对记忆的恶意滥用。"我感到自己对这样的过去负有未尽的责任，也正因此，我才是一个犹太人。"

阿伦特抗拒所有带有意识形态色彩的思考方式，不愿卷入或介入任何思想流派，自始至终只愿做一个彻头彻尾的"局外人"，一名"他者"，在她自己的思想列车上呼啸来去。在她看来，每个人都有能力进行自省的独立思考，如果想抵制意识形态的思潮，在面对法西斯主义时担负起个人责任，那么，独立思考就是必要的。

尽管"平庸的恶"给阿伦特带来诸多麻烦，直到晚年，被问起是否还愿意再出版《艾希曼在耶路撒冷》时，她反问了一句："纵使世界毁灭，也要让人们说真话吗？"她随之回答："要。"

阿伦特的人生和作品向世人提供了一种思考方式，这是一种开放的可以自由对话的方式。跟随这个理解，什么是"平庸的恶"，或许还可以继续讨论，继续"审判"。我相信这是一种思想的活力，它没有答案，但有足够的魅力。

# 与艾伦·麦克法兰相遇

这么说吧，我见到的艾伦·麦克法兰绝对是个"酷老头"。

79岁了，眼神深邃，可以想象他年轻时肯定是个帅哥。他总是专注地看着每一个人，哪怕是第一次见面的陌生人。他的办公室里有好几顶牛皮毡帽，形状各异，与人合影时他总不忘换着戴上，十足明星范儿。他心思缜密，几乎能顾及在场所有人的感受，大人交谈时，旁边如果有小朋友，他立马找来各种有趣的玩意儿，让孩子拿着解闷，不致枯坐；又礼仪周全，热情待客，知道大家远道而来，除慕名见面、聆听见解外，还愿意了解更多，于是总不遗余力地一次次领着不同的访客踏上剑桥大学国王学院大草坪，穿行到康河，瞻仰徐志摩纪念碑，参观建于1515年的国王学院大教堂，到教职员工食堂共进午餐……

领受过由老院士带领游览国王学院这一殊荣的，据我所知，在我们之前还有许知远。

在这一点上，艾伦·麦克法兰很像中国人，富有人情味。他熟谙"礼仪之邦"的待客之道，并以自己的方式让每一个访客宾至如归。

## 艾伦·麦克法兰是谁

赴英国的行程中有一站——与艾伦·麦克法兰相见。这让我对英伦之行多了一份期待。

来接机的司机兼导游是曹小草，考文垂大学毕业留英的中国留学生，一位热爱文艺的小文青。闲谈中，我觉得旅途的互相了解很重要，便找话头说，这次我们会见到艾伦·麦克法兰。心想，在英国，艾伦·麦克法兰这个名字应该无人不晓。据说，如果诺贝尔奖有人类学这一奖项的话，那么第一候选人铁定是艾伦·麦克法兰。

曹小草礼貌地笑了笑，脸上的表情诚实地表明，她不知道艾伦·麦克法兰是谁。我小小地诧异。

住进伦敦酒店，刚在卡迪夫学校写完毕业论文的侄女李西如兴冲冲赶来会合，我像捡到宝一样告知她，这一趟行程里我们将会见到艾伦·麦克法兰教授。能领她见一位英国学界的标志性人物，那多牛啊。这绝对会让她在同学中挣足了面子，加分。我内心颇得意。

李西如点点头，她的反应同样在问："艾伦·麦克法兰是谁？"

天呵，艾伦·麦克法兰！

我有点惆怅，这可是在英国。

可是，艾伦·麦克法兰是谁？我就真的知道吗？

坦白说，深圳对艾伦·麦克法兰并不陌生。这些年他到深圳达四次之多。早在2013年，他的作品《现代世界的诞生》曾获评深圳读书月年度十大好书之一。作为评委之一，记得当时在会上讨论时，我就提出艾伦·麦克法兰这部作品延续了早年《英国个人主义的起源》的观点，在书中探究了"现代世界"的起源和特征，对当下的中国有着重要的借鉴意义。不难想象，作品以一致的高票当选。可以说，这是我第一次近距离接触艾伦·麦克法兰这个名字。

其时，在中国，艾伦·麦克法兰对圈内读者而言更不陌生。他1996年第一次访问中国，之后开始了与中国的渊源。尤其2002年以后，他先后18次到中国的大多数城市甚至一些偏远的地区拍摄、采访，与不同层面不同领域的人交流，并于2010年受邀成为清华大学王国维学术讲座的首位讲座教授。

邀请他担任客座教授的，还有很多大学，如北京大学、浙江大学、中央民族大学、复旦大学、武汉大学、天津大学、同济大学、云南大学、四川大学、广西民族大学、汕头大学、大连理工大学、青岛大学等。我看到家乡汕头大学也在列，有点自豪。推想，也许艾伦·麦克法兰教授到过广东汕头，不知这座经济并不发达但文化传统保留良好的侨城，给他留下怎么样的印象？

艾伦·麦克法兰的作品则是从2003年开始引进出版，第一本是《玻璃的世界》，其后有《给莉莉的信》《英国个人主义的起源》《日本镜中行》《启蒙之所，智识之源》。

大侠说《玻璃的世界》写得太棒了。别看这块小小的玻璃，它的存在和人类对它的应用，大大加速了世界的变化。因为西欧对它的重视，它迈向了一个全新世界。而在中国，玻璃却被忽视了许多个世纪。所以，凭着技术与知识高产的中国文明本来曾独步于世界舞台，却被西方迎头赶上而甩到了后头。

与中国交流期间他开始招收优秀的中国学生，比如为我们此趟英伦行提出很好建议的马啸老师，她是艾伦·麦克法兰第二个中国博士生，毕业后任职于中国社会科学院。她的大女儿四月出生后，麦克法兰教授为她写了一本书作为礼物，书名叫《给四月的信》，这是继《给莉莉的信》（莉莉是麦克法兰教授的外孙女）后为全世界小朋友写的如何看待世界的普及性读物。

2011年，麦克法兰教授夫妇与清华大学签订捐赠意向书，将捐赠包括专著论文、软件手稿、影碟、缩微胶片等在内约15000册（种）资料。从2012年起，他开始担任清华大学客座教授。《现代世界的诞生》便是根据他在清华大学一个多月的系列演讲讲义编辑成书的。

但坦白讲，对这么一位重量级的历史学家、人类学家，我粗浅的认识仅仅停留在有限的书面阅读上。他深刻的学术思想和丰富的人生经历，我一概不清楚。从这一层面上讲，除了艾伦·麦克法兰这个名字外，其他的我如同曹小草和李西如，也是一脸的无知。

## 剑桥国王学院徐志摩诗碑的促成者和守护者

2019年9月13日中午11点，大侠、我，还有曹小草、李西如依时按响了国王学院麦克法兰办公室的门铃。眼前有两道门，外边是一道蓝门，里边是一道红门，蓝和红的颜色都鲜艳极了，让我想起丹麦童话的色彩。门楣上方刻着三个名字：Prof. N. MARSTON，Dr. M. AINSLIF，Prof. A. MACFARLANF。我猜，这是办公室使用者的名字，麦克法兰教授前边还有两任教授使用过这间办公室。

听到响声，麦克法兰教授打开门，到门口迎候。寒暄后进门，迎面是一张桌子，只见上边摆放着一些瓶子以及一些小瓷盘，像是中国的器物。再往前，倚着窗边是一张办公桌，堆满了纸张、小册子，桌上放着一台手提电脑。椅子上有蓝白格子相间红花点缀的棉靠垫，这应该就是麦克法兰教授的办公桌，平时他伏案工作的地方。椅子后有一个书架，插放着常用的书籍。办公室中间是沙发，长的短的混搭围成一个会客区间。再转过来，一面墙立着一排矮书柜，柜子上依次摆放着花瓶、香炉、瓷碗、笔筒、小屏风、扇面等东方小物件，貌似闲散，又有趣味。其中有一本画册很醒目，上边是几个中文大字"中国书法全集"，估计是哪位中国朋友来访时送给教授的礼物。

麦克法兰教授突然想起什么，他从书架上抽出一本相册，打开来给我们看，里边有北岛、莫言……是他与到访的中国友人的合影集。这十几年来，麦克法兰教授除了招收中国的留学生外，还邀请中国学者到剑桥大学访问讲学，翻译中国的著作，致力于中英两国的文化交流。

办公室最正中的一处白墙上，悬挂着一幅胡亚光画徐志摩像。画面简洁，徐志摩栩栩如生。镜框里有张大千题字："诗人徐志摩遗像。胡亚光画像。大千张爱补衣裾"。

哇，这幅画很珍贵。我表现出极大的惊奇。果然，麦克法兰教授指着画像说，当年剑桥大学里种了一棵柳树，有人想移走，有人反对。他就奇怪为何一棵普通的柳树不能动？后来才知道，有个中国诗人叫徐志摩，曾在剑桥大学写了一首关于剑桥的诗《再别康桥》，这棵柳树正是诗里写到的那棵树。

资料上记载，徐志摩曾于1921年至1922年在剑桥学习与生活，有的资料称他是经狄更生介绍到国王学院并作为研究生入学的。

"那时的剑桥刚刚经历了第一次世界大战，百废待兴。很多科学家、哲学家和作家来到剑桥，包括狄更生、弗吉尼亚·伍尔夫等人，徐志摩与他们当中的许多人成为朋友。"麦克法兰教授后来专门研究起徐志摩，发现这个人不得了，他当年曾经把西方的文化带到中国，促进了东西方文化交流，贡献很大。为此他向国王学院建议，应该为徐志摩立碑，以纪念这位杰出校友所发挥的作用。

2008年，国王学院在校园内的康河河畔竖立了一块"徐志摩诗碑"，上面铭刻着《再别康桥》诗歌的名句。这是国王学院建院近600年来首次为中国校友立碑。

也因此，麦克法兰教授结识了徐志摩的嫡孙徐善曾。徐善曾1946年生于上海，六岁时移民美国，先后就读于密歇根大学电子工程专业及耶鲁大学应用物理学专业，获得博士学位，并任数家科技公司高管。徐善曾退休后寓居美国南加州家中，但跟麦克法兰一样，他发现了爷爷徐志摩的影响力和重要性，并产生了浓厚兴趣，于是担负起一种责任，开始了世界各地的寻访。

麦克法兰教授拿出徐善曾送给他的画册，说2012年徐善曾到这里来，他们聊得很好，并促成了两年后徐志摩影像展。2014年6月，由英国剑桥大学国王学院档案馆、国王学院"康河计划——保护即将消失的世界"、中国海宁市对外文化交流协会与徐志摩家族联合举办的徐志摩影像展在国王学院大教堂展厅举行。这是国王学院在大教堂展厅首次举办以亚洲学者为主题的展览。

徐善曾在掌握大量第一手资料后，以自己的血缘视角写成了《志在摩登：我的祖父徐志摩》一书，由中信出版社出版。不识中文的他在接受媒体采访时提到麦克法兰教授："我还和艾伦·麦克法兰教授，携手登上有近五百年历史的国王学院教堂绝顶，俯瞰剑桥大学，其庭堂楼宇无不尽呈眼底，美不胜收，令人心旷神怡"。

《再别康桥》，曾令多少游子学人对剑桥魂牵梦萦。麦克法兰教授说，走，看看去。他一路领先，我们在学院内穿行，走过草坪，越过栅栏，来到灰砖小径中间一座石碑前。石碑上镶嵌着大理石，分上下两段，上段中文刻着"轻轻的我走了，正如我轻轻的来"，下段续上"我挥一挥衣袖，不带走一片云彩"，落款是"徐志摩《再别康桥》诗句"。近百年前的遗迹，一时间近在眼前，不得不承认，那份穿越时空的恍然与感慨，无以言表。

说实话，此情此景，让我对眼前这位酷酷的老人产生了由衷敬意。单纯从徐志摩诗碑这件事上看，正是他的努力，让剑桥人知道了中国，也让更多的中国人到剑桥后无比自豪。

不单单立碑，在麦克法兰教授的主导下，剑桥大学文化保护项目"康河计划"、英国剑桥康河出版社以及剑桥大学国王学院发展部还共同主办了徐志摩诗歌艺术节，每年邀请世界各地的诗人、文学家、学者到会谈诗论道，我知道的就有吉狄马加、杨克等诗人，他们曾与会朗诵过诗作，表达了对徐志摩的缅怀之意。

## 商定出版"麦克法兰现代思想家丛书"

麦克法兰教授办公室的正中间显眼位置，立着一个实木大书柜，胡桃木色，泛着光，煞是庄严。教授郑重地说，这是约翰·梅纳德·凯恩斯用过的书橱。

我们纷纷挤到跟前合影。教授很配合地把椅子摆好，端坐着与我们一起照相。

凯恩斯1909年以一篇概率论论文入选剑桥大学国王学院院士。他的宏观经济学对后世产生了深刻和巨大的影响，被称为宏观经济学之父。以此类推的话，身为剑桥大学国王学院终身院士、英国科学院院士、欧洲科学院院士的麦克法兰教授与一个世纪前的凯恩斯是各自领域同等重量级的人物。

尽管我们是私人休假，但大侠还是忘不了顺便谈工作上的事——与麦克法兰教授商定出版"麦克法兰现代思想家丛书"。此丛书为现代世界经典思想家的学术评传，共有七册，由大侠所在的深圳报业集团出版社引进出版。

麦克法兰教授1941年出生于印度东北部的茶叶种植园，一直到18岁才返回英国，先后在牛津大学、伦敦政治经济学院及伦敦大学东方和非洲研究学院学习历史和人类学，有很深的学术造诣。同时他积累了30年喜马拉雅山区田野调查经验，研究对象覆盖东西方文化区域。说起他，我们总会与一个名词相联系——"现代"，如现代世界、现代国家、现代城市、现代化进程。

简单归纳起来，麦克法兰教授这辈子主要的研究方向有三个：一是现代世界如何起源？有何特质？第二个研究方向是英国的历史，探究它是如何从一个小国变成如今的现代化大国。第三个研究方向则是对比不同国家的现代化进程，比如美国、印度、尼泊尔、日本等，近15年则主要投身于对中国现代化进程的研究。

对于人们所谈的现代化，他认为仍然多停留在表面，并没有触及核心。因为日常事件背后隐藏着大量一脉相承的结构和牢不可破的趋向。物理、生物、经济、社会和政治的动力，决定了文明的趋向和道路。文明不同，道路也不同。诸文明沿着各自的道路埋头前进。而在道德上，没有哪个文明更完美。每个文明都瑕瑜互见。

所以他在谈论中都以客观公允的姿态看待现象和发展脉络。他关于现代世界的思想议题，很多内容折射到了中国。"现在对于中国来讲是一个迈向新的现代化社会最好的时机。"

大侠把话题转向出版，谈到出版"麦克法兰现代思想家丛书"的重要性，说他们出版社准备在这一年11月之前推出前两册。目前翻译、设计、印制等各项工作都在进行中。此后他们还将用两到三年的时间将整套丛书出齐。

麦克法兰教授很高兴，因为一个月后他将应邀访问中国，先到成都等地做学术讲座，随后可以到深圳，与读者进行交流。

谈到出版，不免涉及互联网、新媒体和影像作品。早在20世纪90年代末，麦克法兰教授和他的工作团队便开始通过互联网来展现丰富的历史学、人类学与其他学科的教育类资料。这些资料由"康河计划"的团队成员原创或者收藏，资料形式包括图书、文档、图片、视频，内容包括公开课、世界学者访谈录、环球地方研究，展现方式有大型在线数据库、在线展览，以及在博物馆等地举办的实地展览。

这是很丰富、很珍贵的资料。麦克法兰教授介绍，英国剑桥大学国王学院"康河计划"所收藏的老纪录片，以及他和团队在世界多个国家所拍摄与收集的视频、录音逾1000个小时，照片超10万张。他认为这些都可以共享。

所以，在出版上他也想探讨能否通过新媒体的形式来突破纸质的限制。"如果要让你的研究、思想传播给更广泛的受众，就必须探索新的传播形式。"比如他的作品《给莉莉的信》就在国王学院做了12集的动画，每集有5分钟，讲述他和他外孙女的故事。同时，也做成了一本由他朗读的音频书。他提议，深圳报业集团出版社也可以用这样的形式来改编这套现代思想家丛书。这是一个好的思路。其实，这种做法对我们来说并不新鲜也不陌生。深圳在新媒体方面的尝试，多年来一直在进行。深圳报业集团出版社下属的"共同体"公号，粉丝就达到几百万。这个教育方面的公号，在学校、家长和孩子中间有广泛的号召力。而这套丛书对教育也将起到很好的普及作用。

## 在国王学院教职员餐厅与麦克法兰教授共进午餐

通往餐厅的路上，我很是好奇，这会是一个什么样的餐厅呢？脑子里出现的是"哈利·波特"里边的大厅。进入大门，通道两侧墙上悬挂着各式人物的油画画像，是国王学院历任重量级教授。我没能记住名字。进到厅里，一处角落摆着一条长桌，围坐着十几位老师，正在就餐。他们低声交流着，像是学术会议后的餐聚。麦克法兰教授径直从他们跟前走过，带领我们直入隔壁另一小厅。这该是食堂的取餐处。此处所是长方形，进门处有盘和刀叉，往前是一排取餐台，橱窗里有一两个服务人员，台前摆放着各种餐食——鸡肉、沙拉、火腿、鱼、面包，还有冰淇淋、甜点、饮料。各取所需，没有限制。

我拿了肉和土豆，准备找位置坐下时，麦克法兰教授好心地示意我应该再拿一个小蛋糕。西方人有饭后吃甜点的习惯。我看了看餐盘，担心吃不完，就谢绝了。随后大家跟着他到另一个小会客厅，围成一圈坐下，边吃边聊。

这样的简餐，氛围很好，随意，放松，又自如。

想起麦克法兰教授曾经提过，每一个社会或文明都有自己的气味。每一个人都会迷恋一些将自己迅速带回往昔的气味，它们可能是花草香、饭菜香或是泥土的气味，味觉塑造了人类文化。诚然如此。

我们往往习惯于自己的饮食惯性，比如我在中国南方长大，吃米饭是日常。我的味觉更多地依恋大米，如果哪一餐没有米饭，我就觉得菜不香，吃得不过瘾。不过短时间到国外旅行，我也乐于尝试当地的特色风味。比如国王学院的土豆，炖得味道丰富极了，但猜不出添加了哪些调料；还有烤鸡，酥而不腻，软而不烂，浸润浓烈的奶油香。大侠拿的是牛肉、沙拉、香肠，我侧眼看他吃得津津有味。李西如盘里有一块鱼，蘸汁颜色诱人，我几次瞄了瞄，后悔刚才没发现这一道菜。后来她故意气我，高呼鱼的味道不比外边米其林级的西餐逊色。

不得不承认，人类为所吃所喝的东西所同化，我们的生活为味觉所塑造，到了何等惊人的程度。

这一趟出门，尽管要精减行李，但思量再三，我们还是带足了茶叶，尤其是广东潮汕凤凰单枞茶。担心酒店不提供开水，又背了一个随时插电烧开水的壶。试想每天如果没有热茶喝，很难将息。

我看到麦克法兰教授办公室里有一款中国云南普洱茶，他曾经和母亲合写过《绿色的金子：茶叶帝国》，讨论饮茶的历史和影响。于茶文化，他很有发言权。他曾拿日本为例，说饮茶的习惯改变了生活的方方面面：比如对美学的影响，陶艺、建筑、绘画、诗歌都受饮茶的影响。此外，茶还影响了政治，茶室变成了交战各派的聚会场合。它改变了宗教，茶和佛教有数不清的瓜葛。它改变了经济，茶叶的栽培和出口成了经济命脉。它对健康的影响也巨大，如水烧沸了，茶叶又有杀菌成分，以致通过水传播的疾病大为减少。所以，茶道几乎成了日本之道。而茶进到英国，也改变了人与人之间的关系，如夫妻、父子、店主和顾客之间的关系，改变了人们一日三餐的时间和性质，改变了航海、船运、陶业、家具和建筑，改善了健康，增强了人们忍受疲劳的能力。它成为促成工业革命的一个因素。没有茶叶，现代世界的风貌将天悬地殊。

麦克法兰教授从茶叶，上升到人类学、社会学的层面，从而考量现代世界的发展进程。而茶仅仅是有关人类味觉的一例，其他的还有很多很多。

尽管是围餐，闲谈，麦克法兰教授总能提起一些话题，让你有兴趣。比如，他有个鞋子理论，即一只鞋子，用新的皮革打上一块块补丁，钉上新鞋跟和新鞋尖，增加了新材料，但在形状和功能上还是同一只老鞋子。他用"变化的同一"来形容这种现象之下的本质。

全球化、新技术，世界正发生革命性的变化。但快速变革中，我们还是感知到巨大的连贯性。人类各文明的历史中存在常规的趋势或规律，如人口增长，不平等加剧，既成体系会封闭，战争威胁等等。在各个时期底下，依旧深藏着同一套结构，深藏着同一种思维和行为的习惯性方式，深藏着同一种延续下来的行动准则。所以说，我们的头脑总是陷入某种思维习惯而不能自拔。用"被禁锢的头脑"形容，应该不为过。

因有学生李西如，故聊起教育。麦克法兰教授说，在学校学习是分科进行的，不过，分开之后，还要把零散的知识重新组合起来才对。人类要想在认识世界的道路上走得更远，必须以关联的眼光看待事物。这也是他的作品始终用互联的眼光来探讨现代社会发展的宗旨。

坐在教授面前，迎着他的目光，我想，其实在他看来，我们不管年龄大小，都是"莉莉"或是"四月"。

## 深圳：在这座未来之城点亮世界

从英国回中国后，大侠践行他的承诺，加紧出版"麦克法兰现代思想家丛书"。随后国庆长假有七天时间，我们没有出门。他带回了书稿，宅在家里，每天仔细阅读审定。终于在10月中下旬，丛书的首两册《福泽谕吉与现代世界的诞生》《孟德斯鸠与现代世界的诞生》得以出版。2019年10月底11月初，麦克法兰教授偕夫人莎拉抵达深圳，展开了四天紧张有序的访问。

11月2日下午，"麦克法兰现代思想家丛书"在深圳中心书城隆重发布。这天是周六，深圳的读者把书城北区的大阶梯看台坐满。我发现，原来很多人都知道艾伦·麦克法兰是谁，都想面对面倾听这位国际著名学者对世界对中国甚至对深圳的看法。

有了英伦的聚会，我和李西如也老友般地上前打招呼。麦克法兰教授开心地把我们介绍给他的夫人莎拉。

莎拉是一位风趣的学者。她高个子，瘦削，敏捷，对一切都充满好奇。人很开朗、明亮，热情似火。我看到她一直拿着一台小型摄像机在拍摄，随时记录现场的情况。麦克法兰教授曾说过，从2002年开始，2003年、2004年、2005年、2007年、2008年、2011年、2012年、2013年……基本每年他们都到中国，北京、上海、杭州、天津、武汉、昆明、成都、大连、青岛这些城市他们都旅行访问过。莎拉会把她所见所闻的一切记录在她的日记里，而他们也不停地拍摄各种各样的录像，作为资料存档。在现场，我看到有莎拉的学生远道赶来，与她亲密交谈。而早前我在微信朋友圈发布麦克法兰教授即将访深的消息时，上海文艺出版社的编辑肖海鸥就跟帖，说她先生读书时是麦克法兰教授夫人莎拉的学生。接着她赞叹大侠太棒了，这件事做得好！

这让我颇为得意。

在英国斯特拉福德逛了莎士比亚故居后，我看到街上的水石书店，跑进去找寻麦克法兰教授的书。店员在电脑查询了后，遗憾地告诉我，仅剩一本，是麦克法兰教授关于日本的英文书，刚刚被买走了。回到车上，与曹小草谈起，才发现，那个买书的人就是她。曹小草跟随我们的那些天，除了听大侠讲的，自己还到网上了解了麦克法兰教授的研究领域和他的学术贡献，并对他本人产生了浓厚的兴趣。她默默做足了功课，准备见面时现场充当翻译。此番买了一本书，便是希望能得到麦克法兰教授的签名。我暗忖，一路上无形中收获了一枚麦克法兰粉，这是一件多么开心的事。

"麦克法兰现代思想家丛书"新书发布会开始了，大侠让麦克法兰教授和莎拉上台揭幕。此时，麦克法兰教授快步走到我们座位的一角，将莎拉手中的小摄像机交给李西如，让她为他们拍摄。在卡迪夫经过专业训练的李西如，操作这个小型机器当然是小菜一碟。尽管"掌管"时间不到10分钟，但众目睽睽下受到信任，她还是按捺不住有些激动。

我真心赞叹麦克法兰教授的细心。从这个细节看，在家里他肯定是个好爷爷，在学校他定是一位受人爱戴的好教授。

"谢谢！你好！"麦克法兰教授用中文向现场数百位书迷致以问候。像人气偶像一样，他站到台上自带气场。场下一片欢腾，气氛很是活跃。

"深圳就是未来世界的样子，它是一座未来之城。"麦克法兰教授用大量图表和历史数据，为现场读者描画了深圳在世界现代化进程中的坐标和发展方向。

那么，为何会有这一套"麦克法兰现代思想家丛书"呢？他是基于什么样的考量，与大侠在价值观和出版理念上达成一致呢？在中国，很多大的出版社抢着出他的书，他又为何肯将这一套丛书交与小小的深圳报业集团出版社呢？这其实是我一直好奇的地方。当时在国王学院，我就打了一个问号。

我们都知道，在半个世纪的学术生涯中，麦克法兰教授一直关注现代世界诸起源及特性的比较研究。早年他在牛津大学上学时，就对早期现代世界的转型非常感兴趣，却发现这个问题少有人去深入研究，"当伟大的变革过去之后，你要再重建它发生的模式，去理解它发生的进程是非常难的，因为时间会掩盖掉这一切。"他感到这个课题的迫切性和重要性。

要了解现代世界的发展，麦克法兰教授告诉读者，有三种途径："一是对历史深入研究，二是对比欧洲与世界其他国家的发展轨迹，三是看生活在巨变中的伟大思想家是如何思考这个问题的。"其中最有效率最容易普及的，莫过于第三种。

可能出于这样的共识，"麦克法兰现代思想家丛书"诞生了。这里边，亚当·斯密指出了现代经济学的原理，发现了通向现代社会的一切原则；马尔萨斯改变了人们对人口的认知，启发了达尔文提出进化论……还有孟德斯鸠、托克维尔、梅特兰、休谟，麦克法兰教授笔下展现了十位伟大思想家，希望借助这些伟大思想家的眼光，来看看现代化进程是如何发生的。

回到中国层面，麦克法兰教授认为，中国古代曾经在经济实力等方面超过西方，但到了近代却被西方反超，一个重要原因是没有实现知识到技术的转化。"麦克法兰现代思想家丛书"浓缩了这些近现代杰出思想家的思想精华。正是这些思想促成了科技转化与社会进步，奠定了现代世界的思想基础，支撑了西方的崛起。

近年来，中国的发展奇迹令世界瞩目，但中国还只是在走向现代世界的路上。深圳能够很好地将前沿科技理论转化成科技应用，它不仅是改革开放以来中国现代化的肇始地，在未来也将继续引领中国现代化进程。所以，深圳无疑是中国最适合讲述现代化世界进程的城市。这也是麦克法兰教授选择深圳报业集团出版社的原因。

台上的麦克法兰教授目光炯炯，台下的听众神情肃穆——因为深圳。

这里必须强调的是，丛书的名称，是大侠想出来的。他将麦克法兰教授在中国最有名的作品《现代世界的诞生》与他对思想家的研究结晶相融合，巧妙地得出"麦克法兰现代思想家丛书"，准确全面地诠释了这套作品的重要意义，同时又对麦克法兰教授毕生思考现代世界起源问题的成果做了一个全面的总结。

丛书首推的是《福泽谕吉与现代世界的诞生》。麦克法兰教授对福泽谕吉的研究兴趣始于1990年，那时他受北海道大学中村研一教授之邀，作为英国文化协会的访问学者到访日本。该书讲述了福泽谕吉的一生如何致力于启蒙，倡导平等、自由和个人主义，以此促进日本的富强。在书中麦克法兰教授主要分析了福泽谕吉众多作品中的启蒙思想，并且对其深远的影响给予了客观的评价。他认为，福泽谕吉是用东方的眼光来看待西方的思想。作为一个思想家，福泽谕吉定义了现代的日本，对日本的明治维新有很大的推动作用，让日本成为一个先进的国家。

除了参与新书发布和分享，在深圳的四天行程中，麦克法兰教授和夫人莎拉在大侠的陪同下参加了很多活动。就像在国王学院他领着我们四下参观，这次是倒了过来。年近七旬的他们四下奔波却依旧精神百倍，让他最高兴的，是站在世界第四高楼平安金融中心上，亲自启动按钮开启了深圳中心区灯光秀。夜幕下看到整个深圳中心区亮起璀璨灯光时，老人非常兴奋，说自己一定要把这一经历告诉剑桥大学的同事，他们一定会"嫉妒"。世界上没有另外一个城市像深圳这样神奇、这样特别，它拥有全中国最大的单体书店，还有数不清的图书馆，它就像一把钥匙，开启了新的历史……

眼前这位睿智的学者，渊博、深邃、开放、包容，更重要的是，无比善良。我记得他对我说，他是佛教徒。

# 从卡夫卡到米兰·昆德拉：跟随景凯旋走进"捷克文学俱乐部"

路易斯·梅南写了一本《形而上学俱乐部》，把美国内战前后的四位思想家奥利弗·温德尔·霍姆斯、威廉·詹姆斯、查尔斯·桑德斯·皮尔士、约翰·杜威集纳在一起，认为他们的思想改变了美国人的思考方式，既而改变了美国人的生活方式。可以说，美国人至今依旧生活在这些人帮助建设起来的国家中。

这是一条有趣的线索，它通过历史阐述，从考察美国知识分子思想的变化来描述美国生活的变化。

以此类推，东欧国家特别是捷克，在20世纪初至下半叶以来，也同样出现了几位文学大师，我们且把他们组合成一个"捷克文学俱乐部"。他们的观念和作品，代表了东欧知识分子的思想困境，说明了东欧当代观念危机产生的根本原因。他们在一定程度上改变了捷克人的思考方式，既而改变了捷克人的生活方式。他们是弗兰兹·卡夫卡（1883—1924）、瓦茨拉夫·哈维尔（1936—2011）、伊凡·克里玛（1931—）和米兰·昆德拉（1929—2023）。至今捷克人还生活在他们的观念之中，对他们及其作品的谈论乐此不疲。

东欧本身充满了谜一般的吸引力。历史上，它们曾分别被奥匈帝国、奥斯曼帝国和沙皇俄国征服或控制过，20世纪更是经历了几次惨烈的政治制度更迭。东欧内部各国更像是兄弟，一直是不同民族、宗教和文化的融合体，既有着制度上的共性，又有地理上的差异性。这种历史沿革的基础，使得东欧知识分子尤其捷克作家的思考不同于西方知识分子，他们继承了传统欧洲的普遍主义精神，又对现代欧洲的多元主义有包容的理解，也就是说，他们的认识更加复杂，也更具探索性。

按路易斯·梅南的观点，思想不是一种意识形态，而是一种怀疑，让人们得以摆脱某种束缚，从而对特定的不可复制的环境做出及时的反应。它没有道德上的是非、对错、好坏，只会产生影响。从这个意义上看，卡夫卡、哈维尔、克里玛和昆德拉在这个"捷克文学俱乐部"里互有交叉又各行其是，他们的共性在于：始终维护个人的精神独立，捍卫人的自由和尊严。

# 一、"捷克文学俱乐部召集人"：景凯旋

可为我们深刻呈现出这个文学版图的，有一个人不可错过，他便是多年从事东欧文学翻译和研究的景凯旋老师。

我且把他列为"捷克文学俱乐部召集人"。不同于路易斯·梅南写《形而上学俱乐部》，景凯旋对我杜撰的这个"组织"一无所知。

景凯旋曾经在接受媒体采访时说："出于某种家族相似

性，东欧当代文学常使我有息息相通之感，并在一定程度上影响了我对世界和人生的看法。"

那一年，景凯旋的作品《在经验与超验之间》出版之后书却遍寻不得。我在微信上向景老师讨了一本，他从南京快递到深圳。我读了又读，真是好书啊！与书的责编陈卓探讨为何一书难求，他苦笑着指出了一个答案：因为书好。

也正是那一年，景凯旋获得"2018新京报·年度特别致敬"奖。我清晰地记得，颁奖词是，"从'地下'世界打捞起'被贬低的思想'，'在经验与超验之间'，重寻精神独立的经验与支点。无论是东方世界的精神遗产，还是东欧地带的思想资源，景凯旋先生致力于良知与责任的现实关怀，捍卫人的自由与尊严。在我们的当今年代，如同时代的盗火者，景凯旋先生捡拾着历史废墟中的星光碎片，致力于拼凑成我们时代的思想灯塔，照亮坎坷不明的前进道路。"

我开玩笑地对景凯旋老师说，如果不颁这个奖，可能书就不那么受到注目了。

不管怎么样，一时间《在经验与超验之间》火速涨价，据说那时旧书网上已是以十多二十倍的价格飙升了。

历史总那么吊诡。景凯旋长年累月地译介和传播东欧世界的思想资源，东欧作家们的经历，几十年后一再地复刻于他身上，在"在经验与超验之间"反复显现。

早在20世纪80年代末，他翻译《玩笑》，刚译完，捷克斯洛伐克大使馆就有意见了，抗议说，怎么能出政治异议者的书呢？于是暂时搁置，等待。等到20世纪90年代初，捷克方面没有问题了，国内又暂时搁置了。景老师说，《玩笑》出版本身就是一个玩笑。

卡夫卡式的荒诞，在景凯旋走上了译介东欧文学之路后，变成了家常便饭。也因此，他开始思考"另一个欧洲"对我们的意义。

人们总简单地把当代捷克文学划分为两次繁荣时期，一次是20世纪初捷克斯洛伐克共和国成立后，捷克出现了许多文学大家。比如写《好兵帅克》的作家雅洛斯拉夫·哈谢克、获得诺贝尔文学奖的诗人雅罗斯拉夫·塞弗尔特。第二次繁荣则在20世纪60年代，那时有瓦茨拉夫·哈维尔、米兰·昆德拉、伊凡·克里玛这三位并称为"捷克文坛三驾马车"的文学家。

我没有求证景凯旋老师对这种划分法的看法，但《在经验与超验之间》一书重点写了哈维尔、昆德拉、克里玛所关心的问题和他们的观念。

把东欧的观念作为一个整体来看，是景凯旋的一个重要视角。

在这个整体里，我们拿出卡夫卡、哈维尔、克里玛和昆德拉进行深入讨论。卡夫卡是领头羊，后三者既是并肩作战的携手者，又是各领风骚的旗帜。

二、"捷克文学俱乐部"宗师：弗兰兹·卡夫卡

全世界读者对弗兰兹·卡夫卡有着各种各样的解读。

他比哈维尔、克里玛和昆德拉都要早一个时代，并对他们的创作有深刻的影响。

这位生前寂寞的作家，一生暗淡无奇，内心却充满恐惧。人们眼里荒诞的事物，对他却是真实的。他的作品曾经被禁，后绽放异彩，至今影响不衰。

2020年8月28日，景凯旋老师应深圳书城的"深圳晚8点"的邀请，到深圳做一场"说不尽的卡夫卡"的讲座。

得知消息的前一天，我正在看美国作家菲利普·罗斯的《行话》，里边有他与克里玛、昆德拉的对谈。谈话中绕不开卡夫卡。

巧的是，景老师的讲座，也是从克里玛和昆德拉两位东欧作家入手，从他们眼中看卡夫卡。

其实，这个题目并不新奇，在景老师的专栏文章和书中经常可以读到些许线索。

提到卡夫卡，人们第一反应就是想到他的《变形记》《审判》《城堡》，想到里边著名的人物约瑟夫·K、推销员格里高尔和土地测量员K。

《变形记》写推销员格里高尔某天早上醒来后变成了甲虫之后的遭遇。《审判》写的约瑟夫·K在30岁生日那天突然被捕，他自知无罪，但没有任何人能证明他无罪，最后被杀死在采石场。《城堡》讲述主人公K应聘来城堡当土地测量员，费尽周折，至死也未能进入城堡。

卡夫卡小说一直坚持的是，看上去似乎难以想象的幻觉和毫无希望的诡论就是我们的现实。从《变形记》《审判》《城堡》中，都有这样的事实：有损你尊严的东西最后成了你的命运。格里高尔成了一只昆虫，卡夫卡冷静地写道，这不是梦幻。

在卡夫卡的世界里，当我们意识到受辱就是我们在这里的原因时，生活才开始有了意义。

景凯旋上学时读了《变形记》之后，内心被一拳击中，这让他与东欧当代文学有了息息相通之感，之后从一定程度上影响了他对世界和人生的看法。

在景凯旋看来，卡夫卡生活在动荡的年代，有着多种身份——是奥匈帝国的臣民，生长在布拉格，有犹太血统，用德语写作。捷克、德国和犹太三种文化的交融激发了创造力，产生了荒诞的卡夫卡。

对于极权，当代东欧作家显然有着比西方作家更真切的体会，因为世界上没有一个地方的作家像他们一样，有过两次极权制度下的经历。这使他们能够从卡夫卡关于现代人类机构剥夺自由的观点，去审视极权下生活的实质。

讲座中景凯旋以卡夫卡小说中的床为例，认为这是一个隐喻。《审判》中约瑟夫·K是在公寓的床上突然被捕的，而《城堡》里土地测量员K来到一个陌生的村庄，也是想寻找一张床，却没有成功。

卡夫卡的作品有两个相反的形而上的面向。《审判》表达的是必然性对个人自由意志的压迫，主人公只能毫无反抗地屈服，将耻辱留存于人间。《城堡》表现的是自由意志对必然性的反抗，主人公始终没有屈服，尽管他最终还是失败了。

是服从必然性而接受毁灭，还是依着自由意志而获得拯救？这是卡夫卡对现代人提出的问题。

无疑，在文学及人生道路上，卡夫卡影响了后世捷克的作家们。

在克里玛看来，卡夫卡的床象征最私人性的空间，而这一自由的最后的空间如今正遭到前所未有的威胁。"卡夫卡担心人类也许会失去最私人性的和最后的凭借，失去在自己床上的和平与宁静。"由此可以理解在当代捷克文学中，作家们为什么会如此喜欢描写性爱的追逐和失败。在文学隐喻的意义上，性爱代表了生活中最私人性的领域。

就此而言，克里玛的小说创作同样继承了卡夫卡的主题：一个人的生活遭到侵犯，却无力反抗；他即使躲避到性爱中，仍归于失败。克里玛是从人生的角度解读卡夫卡的：当人们普遍陷入历史和革命的狂热时，卡夫卡却在担心人类会彻底失去个人自由。这就是土地测量员不懈战斗的目的。

米兰·昆德拉更着眼于现代官僚机构对个人的压制。他把这些小人物的遭遇看成是一个"卡夫卡现象"，并把它放进自己的作品中。如《某处背后》，一个人被判有罪，却永远找不到判决自己有罪的人，于是最终相信了自己的罪行。昆德拉得出结论："人受不了他的罪恶的重压，自愿同意接受惩罚，即罪行寻求惩罚。而卡夫卡正相反，受惩罚者不知道惩罚的原因，需要给自己的惩罚找一个正当理由：惩罚寻求罪行。"1967年昆德拉的《玩笑》出版，幽默、反讽、自嘲、荒诞，透着卡夫卡的影子。这些在他的作品《不朽》《庆祝无意义》中表现得更为明显。

当代捷克作家大都喜欢从卡夫卡那里吸取思想资源，从卡夫卡出发的三位作家，其实都看到了卡夫卡对人类命运的担心，看到现代功能社会中私人性的彻底丧失，但他们解读的角度有所不同。克里玛强调的是独立个人的反抗，昆德拉强调的是人类机制的压迫，哈维尔强调的是个体生活于真实中。

他们对卡夫卡的解读既是相一致的，但又不是全面的。按照阿伦特的说法，现代性处在过去和未来之间，卡夫卡同时在进行两到三场战斗，既怀疑心灵，又抵制行动，而每一场战斗都是真实的。在卡夫卡那些噩梦般的故事里，主人公都处在思想和行动的裂隙中，在超验和经验之间，而真理问题始终是悬而未决的。

2003年，距离卡夫卡逝世80年，捷克为卡夫卡建立了纪念碑。布拉格市长说："今天我们终于还了债，这个债是欠历史的，也是欠卡夫卡的。"

## 三、"捷克文学俱乐部"成员：米兰·昆德拉

景凯旋老师第一次读昆德拉的小说《告别圆舞曲》是在1985年，他被深深吸引，"昆德拉写的是价值失落后的反讽，同时又不乏批判的力度，对我来说就有点新了。"之后将它翻译成中文，于1986年出版，书名是《为了告别的聚会》。后来，他又和妹妹合作，翻译了昆德拉的作品《玩笑》《生活在别处》，等等。

20世纪下半叶的捷克文学史上，米兰·昆德拉无疑是

成就最高、名气最大的作家，他的《玩笑》和短篇小说集《好笑的爱》曾发行了15万册。但是，他在国际上获得的盛誉与他在捷克受到的批评却形成强烈的反差。

景凯旋认为，这种反差不是缘于文学本身，而在于观念上的分歧。但他在一次演讲中承认，20世纪90年代伊始，他就不太关注昆德拉了。

1980年昆德拉在与美国作家罗斯对谈时，他已移居法国。提到当代捷克文学，他有点愤愤不平，说仅在"七七宪章"开列的名单中，被禁止发表作品的捷克作家就有231名，包括卡夫卡，145位捷克作家失去了工作，包括哈维尔、克里玛。历史正在被重写，纪念碑正在被摧毁。他特别提到专制主义，认为专制主义不仅是地狱，也是天堂的梦。这是一个古老的梦想，如果不去深挖专制主义深藏于我们每个人心中的原型的话，它绝不会吸引那么多人。

昆德拉提醒读者，人们很容易谴责古拉格，但要拒绝导致了古拉格的"以天堂形式"包装的诗歌却很困难。人们仍然愿意让自己被那种诗歌迷惑，踏着同一种抒情歌曲的调子迈向新的古拉格。

从对谈可以看出，昆德拉绝对是头脑清醒的作家，他并非不抗争的逃离者。

不免想起英国作家巴恩斯，他以苏联作曲家肖斯塔科维奇为原型写《时间的噪音》，解释他理解中的英雄与懦夫：当强权政治支配你的生活时，你是否会与强权做一笔交易？放弃一些自由的同时，保住可以创作的自由？传统意义上的英雄并不一定是真英雄。当英雄变成了一种"虚荣"，以自己的殡葬和亲友的牺牲为代价时，那怎么还能叫英雄？

昆德拉小说的主题多着眼于遗忘，这也是卡夫卡的"馈赠"。昆德拉对此的解释是，死亡使我们感到恐惧的不是未来的消亡，而是过去的消亡。遗忘是存在于生命中的一种死亡形式，但遗忘也是政治上的大问题。当一个强权想剥夺一个小国家的民族意识时就采用有组织的遗忘。一个民族失去对过去的意识就逐渐失去它本身。他甚至"毒辣"地剖析：专制主义剥夺人的记忆，就是要把人重新塑造以适应儿童的国家。作品《不能承受的生命之轻》提到了"生活在真实中"，这句话便出自卡夫卡。

身为小说家，昆德拉深知自己的使命和责任。他认为小说家的任务是要教育读者把世界当问题看。专制主义的世界，都是一个答案的世界，而不是一个问题的世界。在这个世界里，小说没有地位。"在我看来，似乎当今世界的人都喜欢判断，而不喜欢理解。喜欢回答而不喜欢提问。结果小说的声音被人类吵闹愚蠢的声音所淹没。"

俄国人占领捷克后，昆德拉的书从图书馆下架，1975年他和妻子出走法国并于1981年加入法国国籍。昆德拉的作品多是以捷克为背景，但昆德拉被含混地称为法国作家。

在中国所出版的昆德拉的小说中，我们可以看到他基本都用反讽的笔调描写人的存在境况，深刻揭示现代浪漫主义思维造成的危机。正是他的怀疑主义使他意识到，他是一位作家，不应该介入历史。在他眼里，极权的兴起与知识分子的反极权，其思维模式是一样的，都是出于人类的抒情态度，是将生活政治化。在之后的作品《不能承受的生命之轻》中他为抒情态度找到了一个词，叫"刻奇"。刻奇是一种伪崇高。基于此，可能也正是这个思想认知和做法，让捷克人认为，昆德拉是个懦弱的"胆小鬼"。

1990年克里玛对罗斯也说了同样的想法。他说，捷克只有少数人对昆德拉的作品有所评价。一是他的作品有20多年没在捷克出版，他与他的祖国已失去了联系。二是捷克人憎恶他，认为他用过于简单又惊人的方式展现了他在捷克的经历。他所展示的经历，与事实相悖。1968年之前，他自己就是那个政权下被宠爱的、受奖赏的孩子。第三是捷克读者对作家的道德要求得更多。当昆德拉获得最高世界声誉的时候，捷克的文化界正和专制体制做艰苦的斗争，捷克国内的知识分子和流亡在外的知识分子在这场斗争中协同作战。他们经历了各种各样的艰辛：失去了自己的自由、自己的职业、自己的时间、自己的舒适生活。昆德拉没有做出这方面的努力。克里玛也承认，那是昆德拉的权利，不是每一个作家都要成为斗士，他已用自己的写作为捷克做出很大的贡献。

昆德拉认为，寻求意义是人类的基本状况，只有在多元的社会里，我们才可以或多或少地逃避刻奇。他借用胡塞尔"生命的世界"，主张消解意义，回到经验世界。

2019年11月28日，捷克共和国驻法国大使彼得·德鲁拉克到巴黎昆德拉的公寓里拜访昆德拉，递交他的公民证，米兰·昆德拉重新获得祖国捷克共和国的公民身份。这一年，昆德拉90岁。

更有喜感的是，2020年9月20日，91岁的昆德拉获卡夫卡文学奖。尽管比克里玛足足晚了18年，比哈维尔晚了10年，但不管怎么样，"三驾马车"均获得了自己国家颁发的卡夫卡文学大奖。昆德拉通过电话回应自己获奖的消息，感到荣幸。也因此，人们进一步期待2020年诺贝尔文学奖会颁发给他，但还是失之交臂，美国女诗人露易丝·格丽克摘了桂冠，她明显不如昆德拉让人有话可讲。

## 四、"捷克文学俱乐部"成员：伊凡·克里玛

毋庸置疑，伊凡·克里玛的小说创作继承了卡夫卡的主题：人的孤独和人与人沟通的无望。

从内心讲，哈维尔、昆德拉、克里玛三人中，景凯旋最喜欢克里玛。2018年他们在布拉格相聚，那一年克里玛87岁。

克里玛1931年出生于布拉格，犹太人，小时候和父母一起被关进纳粹集中营。1945年，苏军解放集中营，克里玛及其家人均幸存。1960年，他开始发表小说与戏剧。他的文学生涯使他在捷克成了"一小撮令人钦佩的人"：坚持不懈地反对当权者，生活处于极度困难之中。他一生写了15部小说。1970年后在长达20年内，他的作品在捷克遭到完全禁止，只能以"地下文学"的形式在国内外读者中流传，广受欢迎。1990年菲利普·罗斯访问他时，恰好他的作品重新出版。

在克里玛看来，卡夫卡的作品被禁，是因为他的诚实。

一个建立在欺骗之上的政权，一个要求人们虚伪的政权，一个要求人们表面上同意而不在乎其内心是否深信的政权，一个害怕任何人问及行动意义的政权，是不允许诚实得如此彻底的人这样说话的。

克里玛最喜欢卡夫卡在1914年日记中的一句话："德国已经对俄国宣战了。下午游泳。"这也是景凯旋喜欢的，他在讲座中一再引用。克里玛说，这里，历史性的、震撼世界的平面与个人的平面处于同一个高度，"我肯定地认为，卡夫卡只是从他内心的需求以写作的方式来坦白他的个人危机，从而解决他生活中无法解决的问题。比如他与父亲的关系，他与女人的关系，他与外界的关系。"

克里玛始终认为卡夫卡是一位不带政治性的作家，他的比喻强烈有力，超出了他的本意。

卡夫卡的作品只是表明，一位知道如何最真实地反映个人经验的写作者，也触及超个人和社会领域。文学没有必要四下搜寻政治现实或担忧兴衰更替的统治体系，文学可以超越这些，而且可以回答政治体系在人们心中所激发出来的问题。这是克里玛从卡夫卡那里学到的重要的一课。

克里玛在20世纪90年代后担任国际笔会中心捷克分会主席。他坚决地拒绝进入议会，拒绝任何行政职务，只当作家。2002年，克里玛获得捷克共和国杰出贡献奖章，并获得第二届卡夫卡文学奖，成为该奖项的首位捷克籍获奖者。2009年，他出版回忆录《我的疯狂世纪》。"这一切都是来自人们对信仰的需求，无论是纳粹还是苏联，都是声称自己负有拯救人类的历史使命，他们将某种意识形态视为唯一真理，并把它上升为世俗信仰。而每一次，当人们相信可以进入天堂时，实际上都开启了通往地狱的旅程。"他认为在这种社会，人们只有两种生活选择：谎言或真实。而作家应该选择真实，起码也是真实的提醒者。

## 五、"捷克文学俱乐部"成员：瓦茨拉夫·哈维尔

瓦茨拉夫·哈维尔自20世纪60年代起从文，出版过数十部戏剧和随笔。除了140多封信集成的《狱中书——致妻子奥尔嘉》，哈维尔的代表作还包括《乞丐的歌舞剧》《无权力者的权力》《给奥尔嘉的信》《哈维尔自传》《反符码》等。在"三驾马车"中可以说他因从政最受人瞩目，但也因着力于政治信仰，他文学作品的知名度相对低于其他二人。

景凯旋认为，哈维尔是一位有着强烈道德情感的人，他意志坚强，热爱正义，在文学创作上采用荒诞派的写法，却具有宗教式的超验意识，坚信有一个高于人类的绝对的存在。在对世界的根本认识上，哈维尔是一个本质主义者和普遍主义者，强调良知与理性的结合，对现实采取的是建构意义的方式，即以认识论的乌托邦去反抗社会的乌托邦，这赋予他一种罕见的道德勇气和责任感。

哈维尔屡次在公开场合批评政府所控制的作家协会与言论管制。1967年，哈维尔与克里玛等人被从作家协会的候补中央委员中除名。

1968年之后，由于加入反对派组织并参加"七七宪章"

运动，哈维尔被禁止从事文艺活动，并被撤销一切职务。他三次入狱，出狱后多次被拘留。

哈维尔从形而上的层面去理解卡夫卡，认为卡夫卡的自由概念不仅仅是基于人的自我保全的欲望，而是有着形而上的根源，否则维护个体的独立、自由和尊严也就失去了不言自明的理由。正是由于现代人的价值与事实分离，生活失去了意义层面的东西，所以卡夫卡的人物才会陷入不由自主的境地。

20世纪70年代，哈维尔与许多作家在捷克国内进行反抗，以萨米亚特——地下出版物——的形式写作，组织作家、学者签署各种请愿书，抗议当局的压制。当时引起公众注意的事件是，对于一份要求赦免被捕人士的请愿书，昆德拉拒绝签名。后来哈维尔在一次采访中提及昆德拉，他说："我反对他，是他看不见，或故意拒绝去看事物的另一面——那些不明显但也更充满希望的一面。我指的是这些事物可能具有的间接的和长远的意义。昆德拉也许会成为他自己的怀疑主义的俘虏，因为这种怀疑主义不允许他承认冒着受人讥笑之风险而做出勇敢的行为可能更有意义。"

1979年，哈维尔被判入狱四年半。昆德拉挺身而出，发表文章指出，事实与词语的不一致是极权的基础，哈维尔是对词义本身的还原。

1988年，哈维尔发表《公民自由权运动宣言》。1989年，"天鹅绒革命"爆发，昆德拉写文章认同哈维尔，说："想到他，我不禁对自己说，将人生比做艺术作品还不无道理。"

1989年，作为"公民论坛"的主要领导人物，由于在"天鹅绒革命"中发挥重要作用，哈维尔于12月当选捷克斯洛伐克联邦共和国总统。1990年至1992年间担任捷克斯洛伐克联邦最后一任总统，1993年至2003年担任捷克独立后的第一任总统。

哈维尔从来都表示喜欢昆德拉的作品，并反对一些人所称的昆德拉为西方读者写作，认为这对昆德拉是不公正的。

2003年卸任总统后，哈维尔以数年时间完成新剧《离开》，2008年5月在布拉格首演，颇受好评。2020年他获得卡夫卡奖，是这个奖项的第十位获得者，也是继克里玛之后捷克第三位获得者。2011年哈维尔去世。

"形而上学俱乐部"确有实体存在，据俱乐部成员之一查尔斯·皮尔士手稿记载，该俱乐部成立于1872年1月的剑桥大学校内，"他们在一些问题上吵得不可开交"。上下求索是路易斯·梅南写《形而上学俱乐部》这本书的主旨。事实上不存在的"捷克文学俱乐部"与之相提并论，是因为它们功能相近，作用相当，对后世所产生的影响相类似。

因了景凯旋的研究，我对东欧尤其捷克的这几位大师产生了好奇。他们大多是知识型、思想型的作家，面对身处的非人化环境，坚持不懈地在作品中探讨自由的真谛。他们不单影响了本国人民，实际上也随着书籍的流布影响了其他国家的众多读者，包括我在内。

昆德拉早在1980年与美国作家菲利普·罗斯对谈时就说，本来现代文化最强大的脉搏，如心理分析、结构主义、十二音技法、巴托克的音乐、卡夫卡等都在中欧跳动。战后中欧被俄罗斯吞并，致使西方文化失去了中心。20世纪最有意义的事件，即不能排除中欧的末日标志着整个欧洲末日的开始。

参照景凯旋老师的文本，昆德拉40多年前的话，至今依然奏效。

# 邵可侣：一个尘封的名字

《人间的命运——致巴金》是2018年出版的一本小说，作者是日本小说家、文学活动家芹泽光治良。该书以虚构的形式——50多年前芹泽光治良写给巴金的信，讲述了他和法国一对信仰无政府主义的社会学家夫妇的半世友情。他用侵入骨髓的笔触，着重记录了一份横跨两次世界大战历经20多年的爱。

我们在惊天地泣鬼神的感人故事中跟着主人公雅克·邵可侣和克鲁那李桑夫人一同沉浮。我们甚至可以认为，作者把巴金写进来，只是让他充当一个倾听者，营造一种氛围，构筑一个时代背景，从而使作品本身于虚构中显出真实的分量。

直到有一天，我在《胡适全集》中看到一个熟悉的名字："1933年6月12日：九点到济南，车站上见到静姗（朱经农夫人），我把邵可侣托带的东西给她。""1934年3月23日：今天最忙，上午见客十余作，有邵可侣夫妇……""1937年1月10日：邵可侣来辞行。"

邵可侣？

我不由得重新把这本薄薄的书找了出来。

雅克·邵可侣，确有其人。

一

雅克·邵可侣（1894—1984），1894年2月3日出生于巴黎，祖父是巴黎公社社员、法国著名无政府主义者、地理学家伊利赛·邵可侣，曾在巴黎家中接待过列宁、克鲁泡特金等人。受其家人影响，邵可侣很早就参加了无政府主义运动，1914—1916年为《工会斗争》（后改为《斗争》）写文章，1917年为《林中空地》撰稿。1920年1月开始，成为《新时代》的代理人，同时与皮埃罗博士的刊物《更远》和《无政府主义日报》合作。

巴黎的家，是邵可侣的祖父伊利赛·邵可侣留下的房产。

芹泽光治良在书中写道："一战"永久地损伤了法国青年雅克·邵可侣的无名指，他再也不能弹钢琴了。他的才华与绝望打动了优雅高贵的无政府主义社会学者克鲁那李桑夫人，她为他献出了爱情和全部身心。正因为爱上了雅克，夫人告别了自己的丈夫克鲁那李桑先生，被亲人和身边的朋友蔑视，连自己的孩子也远离她。但与雅克相爱，她认为自己是幸福的。雅克也因为有这样的爱，从战争的绝望中重新站了起来，成为一名优秀的社会学者。

这个家里的人员构成极其有趣：克鲁那李桑夫人与雅克·邵可侣在外貌上形同母子，却以情人关系对外，雅克称她为丽丽。同一屋檐下，还有一位青年弗雷德，是克鲁那李桑夫人的儿子。另外，还有一个四岁的幼女比埃拉，她称雅克为爸爸，称夫人为妈妈。她是俄国革命家克鲁泡特金的孙女，此时成为邵可侣夫妇的养女。

1926年的一天，正在巴黎留学的日本青年芹泽光治良，在这个家中第一次见到了四个中国青年。夫人很高兴地为芹泽引荐。芹泽光治良写道："那四个人年龄跟我差不多。会说法语的只有一个，其他三个人说英语和德语，但只会一点点。……他们说话时动不动就吐痰，当比埃拉进来时还把桌上的橙子拿起来喂她，他们的行为给人很不文明的印象。"

据学者刘柠分析，那四个青年中，就有巴金。他早年读巴金的随笔，巴金谈到1927年去法国时开始写《灭亡》，从而走上了文学的道路。文青时期的巴金是无政府主义者，他的笔名便来自两个著名无政府主义者：巴枯宁和克鲁泡特金。

可见，邵可侣与芹泽光治良及巴金便是1926年在法国邵可侣家中相识并结下友谊。巴金留学法国时翻译的《面包与自由》，卷首语为邵所写。

芹泽光治良作为一位亲密的旁观者，在巴黎邵可侣和克鲁那李桑夫人的家中，目睹了他们超越年龄及辈分的非凡爱情，为之深深震撼。也正是从这个时期开始，他与夫人坚持了长达20多年的联系，直至夫人1953年去世。

巴黎客厅温馨的情景随着1928年5月邵可侣来到中国戛然而止。

巴黎社会"一战"后极为萧条，为了心中的革命信仰、理想和追求，邵可侣毅然离开法国来到了中国。他结识了一群志同道合的年轻人，留在北京的大学教书，被中国深深吸引……

二

在胡适日记中看到邵可侣的名字后，我开始按时间顺序找寻他在中国的行踪。遗憾的是，胡适日记中所载的只有只言片语，在其他地方能找到的也只是蛛丝马迹。

有零碎的资料显示，1928年到了中国的雅克·邵可侣，先后在上海劳动大学、南京中央大学、北京大学、抗战期间的云南大学和抗战后中法大学、燕京大学担任法语教授。他编写的《法语教程》是中法大学以及后来北平汉学研究所的主要法语教材。他还选注出版了一本《近代法国文选》，共收名家文70篇，蔡元培作序，徐悲鸿题写书名，上海中华书局出版。

著名法语专家、翻译家叶汝琏为其弟子。金克木曾是邵可侣的学生，他于1933年旁听邵可侣的课，后整理并校订笔记，编成《大学初级法文》交商务印书馆出版，邵可侣在序言中肯定了金克木的贡献。1935年，金克木由邵可侣推荐给北大图书馆主任严文郁，当上了北大图书馆的职员。

巴金回国后，1935年在文化生活出版社任总编辑，两年后文化生活出版社出版了邵可侣著、郑绍文译的《希腊》，作为该社综合史地丛书中的一种。这个时期，邵可侣与巴金等留法学生有紧密联系。抗战期间北大迁到云南，查当年的考试试卷，有记载：1939年，国立大学和学院举行第二届全国统考。昆明考区招生委员会由蒋梦麟（主席）、梅贻琦、张伯苓、熊庆来、邹鲁、赵士卿、王子玕7人组成。命题委员会依然多为西南联大著名教授。其中，法文题这一组名单有吴达元（召集人）、闻家驷、邵可侣。

邵可侣也随着学校辗转南北，没有回国。在国与国的地域界线中，在时代与社会的动荡中，夫人和邵可侣的情感波澜起伏，成了芹泽光治良这封信的一条主线，贯穿始终。

## 三

在这封长信中，芹泽光治良自始至终是个叙述者，而夫人，还有邵可侣是真正的主角。

这里摘录夫人的几封信。

一封是1938年写给芹泽光治良的，此时距离夫人1934年到中国并成为胡适的客人已过去了四年。夫人写道：

> 我有意把大量中国书画和瓷器放在屋子里，让自己产生在中国的感觉。而且，这几年我读了有关中国的书籍，学习了中国的知识。这一切是为了跟邵可侣一起生活下去而做出的努力。即使邵可侣在放假后也经常回不了国，可我在巴黎也能感觉到跟雅克生活的喜悦。为了跟雅克交流，我在巴黎学习中文，还坚持写信。

> 邵可侣爱上了中国和中国人，乃至于扎根中国也不后悔……为了方便成为中国人，邵可侣有可能跟中国人结婚，我也已经做好了心理准备。……之后我会退出，就像作为第二个母亲祝福邵可侣第二个人生能够幸福安康。我相信这样做应该成为我跟邵可侣之间这些年来爱情史的最后一页。

写这封信时，女人内心第六感让她意识到邵可侣可能产生的情感变化，但夫人表示已做好了充足的心理准备。

这期间邵可侣回过法国，经过短暂停留，启程回中国时，夫人安慰他说，只有在你感到幸福的东西里，才能找到我的幸福。

另一方面夫人给芹泽光治良的信说，只要他活着，作为邵可侣夫人，我就是幸福的。

正是在1939年，邵可侣和他的学生黄淑懿结婚，西南联大校长梅贻琦担任证婚人。根据时间和资料判断，他们是在昆明这一段时间组成家庭的。而此时，芹泽光治良因了夫人的信，冒险从日本奔赴北京寻找邵可侣，但两人交臂而过，没有见上面。

黄淑懿是燕京大学的陶艺师，专门制作精美陶器，教授陶艺课。妹妹黄淑清，中法大学毕业，妹夫是著名化学家孙承谔；三姐（黄湘翘）的丈夫何浩若，是闻一多、罗隆基同级同学；四姐（黄淑慎）的丈夫萨本栋是著名物理学家，国立厦门大学第一任校长（1937—1944）。这显然是一个颇有学养的家庭。

婚礼上，齐白石托梅贻琦转交他的贺礼《荷花鸳鸯图》。后又画有多幅上款题"邵可侣"的画作，如《五德图》。

徐悲鸿与邵可侣也关系不一般，他在《邵可侣的画像》中称邵可侣为"我最亲爱的朋友"。

芹泽光治良给巴金的信中说，远在巴黎的夫人日渐衰老，尽管她有某种疑虑或猜想，但还是一无所知。

## 四

1947年，邵可侣再次回到法国，相见时，夫人发现了他的异样。邵可侣不敢直视夫人的眼睛，说，有一件事我要向你坦白，请你原谅。

邵可侣带来了一位中国妇人，还有一个六岁多的女儿。

夫人没有惊讶，看到邵可侣依然活着，并真诚地向她坦白，她感到满足了。她甚至说，若你现在是幸福的，我也是幸福的。至于你的女儿和她的母亲，我当代母和朋友都可以……

邵可侣流下了泪水。

然而，1949年至1950年，因身份问题，邵可侣和黄淑懿不得不出境到了香港生活，女儿则留在了内地。处境艰难中，夫人从巴黎寄钱寄食物接济他们。

芹泽光治良记得他收到夫人的最后一封信中是这么写的：

邵可侣还没有回来，他可能做不到抛弃女儿离开东洋。邵可侣究竟过的什么样的日子呢，我就是担心就是担心。他没有积蓄，没有财产，生活还是很困难吧。我下了决心，昨天拿着中国的瓷器和字画到了古玩店，这是第三次了。如果我这样做，雅克能不饿死，我也能忍住……

1951年，芹泽光治良再次来到巴黎，此时的夫人已老态毕现。她第一次与芹泽光治良深入地聊到了邵可侣及他俩的爱情：……他说想做一名中国人，这是他的真心。既然如此，我应该好好地让他的真心发挥出来，那样才是我对他的爱的证明。

1953年，芹泽光治良的小说在法国出版。他写信告诉夫人，却意外收到已回到法国的邵可侣的回信。邵可侣说，夫人四五个月前去世了。

1959年，距首次踏上法国国土34年后，芹泽光治良再一次来到巴黎。他努力与邵可侣相遇，并把话题转到夫人身上。邵可侣说，夫人用全部精力献身于我，她是把家里所有物品纷纷卖掉，然后寄钱给我们……但她始终没有考虑到我妻子的存在和感受。

芹泽光治良陷入了巨大的悲痛之中：你就这样总结你和夫人之间的关系吗？

五

化学家孙才先（黄淑懿的侄子）在文章《燕东园：我

们童年的乐园》中写道，邵可侣夫妇抗战后曾住在朗润园，其独女后来加入我们家，自取名孙立先。

上世纪五六十年代，芹泽光治良以笔会名义，通过中国作协，希望说服邵可侣的女儿回法国与父母团聚。坊间有一种说法是，巴金、冰心、刘白羽也受芹泽光治良之托做了努力，但没有结果。1961年中国作协回复芹泽的信说：据悉，其女儿不愿去法国，其志甚坚。

但这个说法被一些知情的读者否认。我曾在冰川思想库就此事写了一篇文章，随即有一位名叫张斌的读者回复我，指出孙立先的法文名是Magali Sun-Reclus，最后是认了父母的。

我跟随他提供的信息，在豆瓣网上看到一位名叫蓬山远的作者有这么一个补充：黄淑懿有一个妹妹叫黄淑清（1915—1997），年轻时做过网球运动员，参加过1930年的全国运动会。她的先生是孙承谔（1911—1991），1952年至1966年期间曾任北大化学系主任。孙立先后来就由这家人抚养。孙黄夫妇两人都是民盟盟员。"反右"期间，黄淑清在单位（北京市科普协会）遭到批判。

这与孙立先的文章相符合。我还看到一份剪报，是孙立先对父亲艺术藏品的一些说明，文中指出邵可侣回国后"从英文翻译了《西行漫记》法文版，发表了科学研究性质的'太平天国'一书，与我母亲合作出版了中国清代及现代文学作品，一直到去世前一天都没有离开中国文化。"

上世纪五六十年代，巴金在日本与芹泽光治良重逢，芹泽光治良向巴金讲起了他所知道的雅克·邵可侣这一批人的命运，及他通过与克鲁那李桑夫人的交往所知道的爱情故事。巴金鼓励他写出来。

芹泽光治良于1961年写下了个人自传《人间的命运》，书以日俄战争到昭和动乱的日本社会大变动为背景，3大卷14本，1963年由新潮社出版，5年出齐。《人间的命运——致巴金》原题为《爱·知·悲伤》，是他致巴金的一封信，作为《人间的命运》的附录。芹泽光治良于1993年3月在东京家中去世，享年96岁。

2014年，一个偶然的机会，译者加藤嘉一在美国见到芹泽光治良的四女儿冈玲子，冈玲子希望父亲的这本书能被介绍到中国。加藤也是伊豆人，他把这个任务视为对家乡的报恩和前辈的敬重。书于2018年翻译成中文出版，正好是芹泽光治良逝世25周年。

在网上输入"邵可侣"词条，介绍是：长期从事创作和翻译，著有《太平天国运动》(1972)，并翻译了中国古典文学作品《浮生六记》和《九命奇冤》。1950年，因被怀疑为"帝国主义特务"而被驱逐回国。1984年去世。

学者刘柠多年研究日本文学，他指出，日本很多小说，体裁介于虚构与随笔之间。《人间的命运——致巴金》名为小说，实际上更接近于非虚构作品。

而事实上，克鲁那李桑夫人、雅克·邵可侣、芹泽光治良、巴金……都确有其人，确有其事。只不过，关于克鲁那李桑夫人，知者甚少；关于雅克·邵可侣，知者也未必多。

如果没有《人间的命运——致巴金》，雅克·邵可侣在中国为人所知的，是关于他的记载不多的中国故事。芹泽光治良以一封信，向读者展现了另一种感人的存在，以及存在背后的意义。遗憾的是，这本书于2018年出版后，并未引起足够的重视。

第五辑

# 在茅海建的史实重建中"补白"

"不管是什么样的研究范畴及何种题目,历史学所追求的,不是义理上的正确,而是事实和真相。"按照这个历史的叙述方式,这些年茅海建一直着力于"史实重建"。在随笔集《历史的叙述方式》中,他对一些史实进行了考订和匡正,比如康有为的"大同三世说"与戊戌变法、康有为与进化论的关系。

之所以聚焦于此节点,缘于茅海建20年前力求写一部总体性的叙述戊戌变法史的著作。他最初的想法是将戊戌变法期间重大的史实和关键时刻的场景真正搞清楚弄明白,由此重新阅读全部史料,力图建立相对可靠的史实,以便于在这一基础上展开讨论。

可是到2014年,他研究康有为的学术思想与政治思想,却不能判断其大同思想的最初发生时间,以及这一思想在戊戌变法期间的基本形态,一下子陷入了瓶颈期。

我们都知道,康有为是戊戌变法的主要推动者,是研究戊戌变法的一个重要人物。

1898年(戊戌)之前,康有为完成了两部重要的著作《新学伪经考》《孔子改制考》。在《新学伪经考》中，他指出古文经是刘歆伪造的，服务于"新朝"；《孔子改制考》中，他指出今文经是孔子创造的，以能"改制"。对于"此造"与"彼造"，康有为态度鲜明，指责刘歆造假，赞扬孔子创造。从中可以看出，康有为欣赏孔子的"创制立教"——一创制经典，二传授于门徒。孔子的做法对康有为一生有重大的影响，这也是茅海建关注康有为戊戌变法前后思想脉络的着眼点。

对此，茅海建考证两点：

一、康有为"大同"思想发端期。

他指出，康有为在《大同书》写作时间的确认上是"倒填日期"，"吾年二十七，当光绪甲申……著《大同书》"，"甲申"，即1884年。

对于这个史实，上海社科院历史所的汤志钧教授已指出其写作时间的错误，并证明了《大同书》是康有为1900年至1903年在槟榔屿、大吉岭时所写。也由此，学界大多不再将"大同"作为康有为戊戌时期的政治思想。

但事实又是如何？为何"大同"思想发端期的时间点那么重要呢？

先来看看"大同三世说"的基本内容：一、据乱世，多君世，尚无文明；二、升平世，一君世，小康之道，行礼运，削臣权；三、太平世，民主世，大同之道，行仁运，削君权。

"大同"虽是孔子创造出来的理想世界，但其时不可行，只能以"小康"来治世，并待之于后人来实现。

茅海建承认，尽管此时他有总的框架脉络，但没有事实依据，就无法往下走。直到2016年，他从康有为最得意的弟子梁启超的著述中找到了蛛丝马迹，由梁及康倒推，从而注目于康有为的"大同三世说"。

根据梁启超的文章，茅海建发现早在1891年，也就是梁启超刚入门时，康有为向弟子授课，即以"大同之义""略授口说"，传授了"大同"学说。也就是说，戊戌之前，"大同"思想确实存在。从1900年夏天起，康有为先后旅居南洋槟榔屿、印度大吉岭，至1903年春夏之交时才离开。在此两年多中，他遍注群经，由此完成其"大同三世说"的著述。这与汤志钧教授的观点吻合。

茅海建因此分析，对康有为来说，从"新学伪经说"到"孔子改制说"，这个思考过程的最终结论应该是"大同三世说"。从"大同三世说"再到《大同书》，又是一个思想发展的飞跃。

也因此可以论证，"大同三世说"形成比较早，《大同书》完成时间比较晚，该书康有为生前只完成了一部分。"大同"作为康有为戊戌时期的政治思想是没有问题的。

但仅仅将"大同三世说"放置于戊戌变法中来看，又是有局限的。因为沿着孔子的道路，康有为志在"创制立教"，这个"教"，是超越国家的，即"国之存亡，于教无与"。康有为思想成形并成熟后，他在万木草堂讲学、授徒，"同学凡百余人"（《康南海先生讲学记》）。据梁启超文"目前以小康之道先救中国，他日则以大同之道兼救全球"，康有为的志向不仅仅在于"救中国"，还在于"救地球"。

所以，如果说从"新学伪经说"到"孔子改制说"是康有为通过"微言"发现的"大义"，那么从"大同三世说"再到《大同书》则是康有为自己对未来社会的一种设计，也就是民选统治者，国家消亡，以实现世界大同。

也可以这么说，康有为想学孔子，当"教主"，或是当"帝师"。"基督以十二使徒传教于天下，孔门有十哲七十二贤人，都不是一代人的事业"。茅海建指出，今天人们看到了历史的结局，康有为没有当成教主，也没有当成帝师，而是在戊戌变法的高潮期当了光绪帝的重要谋士。

自以为天降大任、使命在身的康有为最终也止步于自己的思想终端。

二、"大同三世说"中的"进化"与西方的"进化"大不相同。

康有为的思想局限之一，在于他不是真正的进化论者。

此前，戊戌变法被认为是中国近代史上西方化的政治变革，学界也因此认为康有为的思想主张受西方进化论的影响。茅海建却发现，作为戊戌变法主要推动者，康有为不太懂得西方的思想与制度。

证据如下：康有为不懂任何一门外国语，在提出"大同三世说"之前也没有去过外国。他能得到的外部资料主要是江南制造局等机构、西方传教士等人翻译的西书，其中以声光化电、机器制造为主，关于西方思想、制度、经济与社会学说的书籍相当有限。达尔文的《物种起源》、赫胥黎的《进化论与伦理学》，甚至斯宾塞的思想，他都毫不了解。

康有为从孔子论著中得出的"大同三世说"，与达尔文从自然观察中得出的物种进化规律，是两种形相似但理不相通的学说。"大同三世说"是主张历史进步的学说，但不能因其主张历史进步，便推定其受西方进化论的影响。学界之所以有这种误判，当受到梁启超《南海康先生传》的影响。而梁当时夸大之辞，则有"谢本师"之告别意味，此后，他在思想上与其师分道扬镳。

基于这些史料，茅海建认为康有为不是纯粹的进化论者。

书中这样的史实重建案例很多。运用史料所进行的论证和推理过程，就像破案一样，令人着迷。

追求史实的准确，一直是茅海建的治史态度。以戊戌变法的研究为例，他用五年时间为康有为回忆录《我史》作注，鉴别真伪，写出《从甲午到戊戌：康有为〈我史〉鉴注》。他查阅张之洞档案，发现了一大批未被利用的史料，写出《戊戌变法的另面："张之洞档案"阅读笔记》。之后又查找、求证，运用丰赡而可靠的史料来鉴识伪说，辨明历史真实，先后出版《戊戌变法史事考初集》《戊戌变法史事考二集》。戊戌变法120年时，这四部书汇刊为"茅海建戊戌变法研究"。

在中日抗战史上，他也立足于史料线索，从最远端开始，由最宽处放眼，看到很多之前不在研究视野中的现象，想到许多原来不在思虑中的线索。他指出，中日抗战史这个题目有其狭义和广义。从狭义来说，指1931年至1945年中国人民对日本侵略的抵抗；从广义来说，可以向前延伸到1894年开始的中日甲午战争，可以向宽延伸到明治以来日本政府的大陆政策，以及同一时期中国政府的外交战略，可以再扩大到日本各界在华有特殊目的的经济活动和社会文化活动，以及中国各界的反应……

从这样的视阈去看待历史，历史便展现了无比的丰富性、复杂性和可能性。茅海建一再表明，历史学最基本的原则就是中立原则，避免过度的倾向性。历史学家要明确自己的责任，不增不减，不丑化不美化。要从史料出发，建造出一块块结实有分量的"石块"，这是历史学家的学术责任。

我的理解是，史料是历史学的关键因素。中国现代学科体系中的历史学，必须发端于重审史料。茅海建以历史学家的良知和使命质疑并努力匡正传统的历史论述，希望示范一种健康的观察、探究、解释历史的态度和方法。毕竟，现有的一些历史叙述充满了疑点和陷阱。

# 走进王人博语境，感受"业余"的快乐

一部电影里，一辆小汽车多次出现，车牌号也不断被特写。

观众以及影评家们纷纷解读，它象征什么，隐喻什么。无奈之下，电影导演出来解释，因时间仓促，只好把自己的车拿出来拍摄。

这个场景，多少让我们联想到"望文生义"或"牵强附会"这些词语，因为事实只有一个——镜头中多次出现的只是导演本人的一部车子而已。

在著作《业余者说》里，王人博老师说，在我们日常的阅读经验里，对文本意图的追寻仍是我们阅读时徒劳的努力，也是我们评价一种理解是否恰当的难以丢弃的标准。无论如何理解和把握"理解"的概念，"理解"都只能在某种语境里被理解。而文本意图之所以不能成为理解的对象，是因为文本作者的主体语境之于读者而言，往往是不可全知的。

语境，这里成了一个关键词。就像导演的那部车子，不单在我们的日常生活中，也在王人博的新书里，扮演着角色，承担着被"理解"的任务。

一

身为法学教授，王人博除了在中国政法大学授课外，一直喜欢阅读和思考。在他的理解语境中，一个教书人如果自己不读书，心里就会多少有些不踏实。由于阅读思考的范围总是大于讲授的课程，所以也就把阅读和思考的东西不自觉地塞进了课堂。他自我解嘲：这种授课方式从负面讲，是超出课程的离题；从正面说，也可叫拓宽视野。

可学科的厚墙有时分明安放不下思维的自由，专业规范与闲散阅读也在某种交集中存在冲突。因此，爱德华·萨义德的格言——"要维持知识分子相对独立，就态度而言，业余者比专业人士更好"，让王人博多了某种偏爱。他以此作为信条：在知识分子意义上，"业余者"是个地地道道的读书人，除了忠于自己因读书而获得的智识之外，任何立场都与他无关。"业余者"的宗旨是：自己就是自己，没有代表也不代表任何人。

于是乎，任何超出自己专业范围的书写都是业余写作。专家与业余者的区别，除了水平的高下，还在于进入问题的方式：前者重视技术规范和理性，后者投放的是身心和感情。业余者缺少的是学科规训，而拥有的是真诚。

因了"业余者"的姿态及语境，与之前王人博在"新民说"（广西师范大学出版社的出版品牌）所出版的专业性著作——《法的中国性》《中国的近代性》《法治论》《权利

223

论》——不同,《业余者说》里的每一篇文章,都呈现及表达出一种朴素的真诚。

"新民说"名称或许取自于梁启超的《新民说》。《新民说》是梁启超的重要文字,他想通过颂扬与批判,借用东方主义的药来治愈东方主义,达到去"东方主义"诉求。但本身也有梁公的局限,他把中国的过错更多地归结于中国历史上对自己正确东西的背离,而不是根上的坏死。而广西师范大学出版社的"新民说"凸显了其自身的意义,这些年出版了大量好书,王人博便是其中一位资深作者。

## 二

我们知道,有时语境是一种避免深入细致进行论证的托词。比如对某个事物的认知无法趋同,我们会说,要回到当时的语境来理解。可这个"当时的语境"又是哪个语境呢?当时又是何时呢?

王人博说,语境犹如文本的一束光,它存在于文本的周围。我们对文本的解读便是对光的捕捉,并根据光的照射去把握文本的意义。

举个例子来说,近代以来"自由"一词能在汉语世界成为一个流传广远的关键语词,与严复分不开,得益于他对约翰·密尔《论自由》一书的阅读和翻译。当时他将书名译为《群己权界论》,并没有出现"自由"这个词。在王人博看来,严复的翻译,不仅对文本作者的情景语境进行了翻译者的再语境化,而且对文本的真理性内容也实现了语境的重置。也就是说，译者严复感兴趣的，未必就是作者约翰·密尔的文本意图。而作为一个中国翻译家，严复的工作是将隐匿在文本中的原理进行改编，以满足自己及自己国家的需求。严复知道自己和自己的国家需要什么，正如密尔知道他的国家需要什么。

可语境又面临着多层面的考量，这里边有中国将西方的概念、语汇经过不断语境化最终使其变成汉语文化新成员的"语境对撞"。按王人博的话说，是中国的"被撞击"，因为近世以来，在法政领域主要是中国向西方学习，呈现一种单向度的特征。所以，"自由"透过本源语和译体语之间的时空穿行，接受汉语的甄别、筛选、增减甚至重新改编，被赋予了新的面孔，成了"群己权界论"。文本语境变了，意义也就被改写了。

从这个层面讲，严复译的《群己权界论》，未必就是约翰·密尔的《论自由》。我们读到的是严复自己的语境表达。


三


同理，"语境"意识使人注意到相关问题的背景、缘由和意义脉络，从而产生一种内在立场。我们读《业余者说》，也是进入王人博的语境，跟随着他去理解他眼中的人或是事。

比如，对鲁迅，王人博有着一种异乎寻常的感情。他走近鲁迅，带着自身所有的主观因素去感知、触摸，进入具体语境的历史现场。除了研究鲁迅的专业性文本外，他还阅读鲁迅传记、书信、日记、年谱等诸如此类的相关文本，对其情感世界、性格特点进行了廓清，使之有了某种复活的生机。所以，在王人博的理解语境中，鲁迅是一个不平常的常人，常人有的喜怒哀乐他都有。他自身是一个具有不透明性的矛盾体，他的难以理解在于他内心世界的复杂程度。鲁迅一生说过很多话，写过很多字，你不知道哪些话哪些字是他内心世界的真实现身。即便把他所有的文字和言说都叠加在一起，也无法为一个真实可靠的鲁迅面相和心像构图。

因了鲁迅，他阅读的好奇甚至延伸到日本鲁迅研究专家竹内好，认为竹内好和鲁迅一样，都是坚信思想不可言说的思想者，都没有构造体系，都有意无意地拒绝思想的体系化。"竹内好的方法是把鲁迅，连带中国都纳入他自己的一种主观性的框架内展开对日本的思考。沟口雄三也提及鲁迅，但他并未把鲁迅作为一种思想的参照来理解中国。"

在《业余者说》五部分的构成中，王人博用五分之一篇幅十一小节的分量对鲁迅进行了阐述。原因无他，"个体的生命越是自觉就会越孤单，就越预期一个思想的同道与自己抱团取暖"，所以，"他（鲁迅）对我来说，既是药又像是毒，好了许多的心情总伴着毒瘾，扔不掉也放不下，只有不停地吸食"。

在这一点上，我不禁联想到另一位学者型作家林贤治老师。他对鲁迅的解读是另一种方式，在评注《鲁迅全集》

中，他曾评论："在鲁迅全集的文字背后，自有为他所掩藏的'无词的言语'在，谁可以读懂这伟大的沉默？"对鲁迅的爱，林贤治与王人博同样深沉。

## 四

在王人博看来，历史现场对于文本而言就是情景语境。而所谓的同情理解，就是回到具体语境。

在文章《摄影机的罪恶》中，王人博曾经讨论了《意志的胜利》这部德国纳粹电影，并对导演里芬斯塔尔颇有微词。而今在《业余者说》中，他深切地自我反省，认为当时刚读完本雅明的传记，传记中带着的某种情绪，传染到对电影导演里芬斯塔尔的评论上。"对一个身在历史之外的观看者来说，其表达缺少了基本的书写礼节，和应有的平和态度，这是不应该的。"这当然关涉文艺及政治的关系。他一直在举各种例子，无非是想说明，回到历史现场对于观察者和研究者来说是多么重要。

语境是一种实在，而不是实体。它不是预先存在于那里的，而是由文本的主体随时间、空间、场景的转换不断地建构出来的，也就是我们遭遇文本时通过思维认识到的东西。王人博提及影片《烈日灼心》，这部片子是根据作家须一瓜《太阳黑子》改编的。须一瓜在深圳书博会上推出她的另一部作品《双眼台风》。《烈日灼心》里边有一段关于法律的台词让王人博大加赞赏，内容如下："我认为法律是人类发明过的最好的东西，你知道什么是人吗？在我眼里，人是神性和动物性的总和，就是他有你想象不到的好，也有你想象不到的恶。法律特别可爱：它不管你好到哪儿，就限制你不能恶到没边儿。法律更像人的低保，是一种强制性的修养。"这个台词被置放于动态的语境中，与整个文本建立了联系，产生了"言外语境"的作用。一向以严谨著称的王人博说，这几句话胜过一篇专业法学论文。

我们对其意义的获取就是语境动态地连续生成的结果——从某种意义上讲，法律是一种强制性的修养。

## 五

《业余者说》全书中，从鲁迅、电影、音乐、话语权力、中国的"东方主义"，到亨廷顿的"文明冲突论"、学术的想象力、全球化的现代国家法律、传教士眼中的中国、民族国家和民族主义，甚至到法学研究的江湖视角、中国性与本土资源……处处充溢着王人博的个人语境："如今中国知识分子非但没有'自我边缘化'，反倒往中心挤。""当下的中国，最好是把知识分子和读书人这两个词分开。""目前中国正面临一个不借助西方语词便无法表达，但借助西方语词又不能准确表达的困境。"……我们通过阅读，在与他的"语境对撞"中，通过对同一文化概念或同一文化理念的确认、自我界定、区分他者，构建起某种文化想象的同一性，从而产生了与他相同的文化认同。

从这个层面上讲，作为一名不务正业的"闲逛者"，王人博的涉猎和思考，体现的正是难能可贵的"业余"的价值。也正因此，同为业余者的我们，业余读之，更能感受到"业余"的纯粹的快乐。

在很多人眼里，王人博是中国法学家中少有的深具人文精神与批判精神的学者。我想，这个评价在《业余者说》里有很适当的体现。

# 从老冷到罗新

这两年我一直在捣鼓"姚言书事"音频，一周介绍一本书。

有天张冠生老师对我说，可以留意一下罗新的书。

冠生老师是我的兄长，我称之为大哥。可以说，20多年来他一直看着我成长。这个意见很重要，我开始找罗新的书。恰好《有所不为的反叛者：批判、怀疑与想象力》出版，于是做了一期音频推荐。

巧的是，2020年阎连科老师新书《她们》出版，他的好友张抗抗老师为他组建了一个微信群，进行分享并吆喝。我有幸在群里，发现群员中竟然有罗新老师。看来历史与小说，可以不分家。

赶紧加了罗新老师好友。他客气地说，看你写的文章了……

当时小书友李春龙正好把我写阎连科老师的文章贴在群里，我有点不好意思，写得真不好。

人的缘分有时就那么奇妙。不久后冠生大哥为娜嬛书房创始人蒋凤君承办第四届中华藏书文化论坛张罗，邀请大侠当大会主持。嘉宾名单中赫然有罗新老师。我心里一乐。

<h1 style="text-align:center">一</h1>

那天，罗新老师如约而至，围绕文化传承发了言。

他开场便说自己是学历史的，历史学很关心断裂与延续的问题。在流动中的过去，有多少是连续的，有多少是断裂的，是一个很大的话题。

没有场面话，我暗暗放心。

"中华文明是世界古老文明里唯一连续的，这是19世纪西方人的说法。在历史学界，20世纪以后人们不再这样说了，因为这样说是没有什么意义的，也是不符合历史事实的。没有一种文明是真正断裂的，文明都是连续发展才会有今天。"

很好，这解决了我心中的一个大问题。之前看到的历史叙述是，中华文明是世界上唯一没有断裂的文明，其他文明都不具有这种优势。这是我们的骄傲。云云。

罗新老师接着说，文明的延续和传承是流动的。比如说从一万多年以前开始的农业化和城市化，到古巴比伦文明，再到古埃及和地中海周边许多古代文明，是文明的流动、交汇催生了新的文明。构成文明的所有因素都在流动、交互影响中，促成了今天我们所知道的古典时代的古希腊、古罗马。从古典时代经中世纪再经文艺复兴，到现代世界的欧洲，没有什么断裂，相反文明有强烈的连续性。

有道理，历史学家总能三言两语答疑解惑。我屏息静听。

罗新似乎能明白听众的所思所想，他进一步延伸，说，在固有的线性思维之下，我们对历史连续性的理解是要求线性连续，即语言、空间、文化、人群血缘和历史记忆的连续性。按照这个思维逻辑，当古希腊、古罗马发达时，两河流域、埃及就不行了；当近代西欧实现工业化之时，曾经发达的中东地区就落伍了。有人会举证这就是文明的断裂。其实这样理解就肤浅了，只看到表面的断裂，没有看到它们内在的连续，也就无法深刻理解欧洲文明的来龙去脉。文明因素的世界性传播与扩张，以一种我们难以描述的复杂程度在进行，至今依然如此。

这又精准地解决了我脑子里的混沌——打破线性思维，对开阔眼界、胸襟是多么重要！

他举例说："古今中华之间有许多可以联系起来的文明因素，有连续性，也有许多不相一致的，其中许多来自外部文明的因素。从这个意义上讲，今天的中国文化也是古埃及、古印度、古希腊、古罗马等古老文明的后裔。连续是人类历史的基本特征，这个连续是宏观意义上的，是无边无际、极端复杂的。"

"当然，断裂的确存在。断裂也是一种有意义的观察角度。"罗新说，发展就是断裂，变化也是断裂。我们和古代不一样，我们和明朝、清朝不一样，中间有很大的断裂。有断裂才有历史，不然就是一团死水，就是停滞不前。断裂意味着发展，意味着文化创造，意味着有中生有，意味着在延续与继承的基础上以断裂的形态实现创新。我们每个人都投身在断裂与延续的历史进程中。

他接着说，我们经常以传承的名义改造传统，把它改造成我们需要的样子，这就是延续中的断裂。古代的许多东西都不是我们想要的；近的可倒推几十年前，许多东西也不是我们想要的，比如20世纪60年代、70年代，谁想回去？……

我侧眼看旁边的速记员，她飞快地记录，电脑屏幕上字节跳动着。真希望不停地跳动下去，可惜发言时间到了，"犹觉话未说尽"。

看罗新老师的介绍，他于1995年历史学博士毕业后，留在北京大学任教，直至今天。

二

好玩的是，在互联网刚刚兴起时，罗新有过一段"辉煌"的网络岁月，而作为网友，我也有幸参与其间。

想起老友孤云，他在那个年代曾任天涯网站关天茶舍版主。

我兴冲冲地问孤云："你还记得天涯关天茶舍的版主老冷吗？"

那头答："知道呀。"

我又兴冲冲地报告："老冷是罗新。"

那头答："知道，知道一百年了。我都买了他很多书。"

"你们是前后脚任版主吗？"我可不淡定，本以为是大发现，结果人家老早就知道。

"不是，老冷之后还有很多人，比如朴素等，再之后才是我。"孤云是老媒体从业人员，如今转型互联网，事业做得风生水起。

当年我们一群人混迹天涯论坛，一转眼，20年过去了。老冷是关天茶舍第一任版主，1999年11月27日就任，2000年8月25日辞任。网上有好事者把历任版主的任职时间表列个门儿清。不管是哪个版块，你自报ID，如果同是"天涯人"，似乎就有了某种暗号、某种出处，甚至某种"族群"认同。于是，天南地北，三教九流，用大白话说，都是"自己人"，大有同期"黄埔军校"毕业的架势。

关天茶舍是当年天涯版块中最热闹最具思想含量的一个，各路精英潜水，各种声音展露。有人评价："最初是一个人文知识分子曲高和寡的精英圈子，老冷的思想倾向，使关天一开始就有谈论世运的怀抱。"后老冷因"不可抗拒的个人原因"辞任，又引发了天涯的讨论。有人总结原因，认为是面对大众与精英的冲突，面对道德失序、人心混乱等现象，老冷期望思想、学术交流的构想被现实击碎了，无法以士大夫精神应对网络沼泽，不得不退出。

之后罗新褪下"老冷"外衣，开辟新的"战场"，专心于"往复"网BBS，直至博客时代式微谢幕。

但可以说，不管时代如何变幻莫测，不管身份如何转换，从老冷到罗新，其个体经验、思考、识见始终在流动、持续、交汇、碰撞，中间或许有过断裂，但不断地催生了新的研究成果。近年来他所撰写的许多与专业反思有关的学术随笔，都是在梳理自己对历史、历史学和历史学研究的理解，便是一种明证。

2017年，有一本书特别火，书名是《从大都到上都》。罗新和王抒从北京健德门启程北行，用时15天，步行450公里，抵达内蒙古锡林郭勒盟正蓝旗境内上都古城遗址。在徒步中他重新感受作为历史的中国与当下的中国，写就了这本充满真情实感的书。在书中，可以看到硬朗的史学家极其柔软的一面——他回忆自己患病去世的女学生，回忆起30年前自己曾经暗恋的女孩以及她的诗……

2019年，又有一本书特别火，书名是《有所不为的反叛者》。在书中，他说，历史的真相，从来不是教科书上那么简单。历史越是单一、纯粹、清晰，越是危险，被隐藏、被改写、被遗忘的就越多。他又说，人们熟悉的历史中往往包含着大量伪史，它们常常出于某些目的而被有意识地制造出来并被灌输到普通公众的头脑中。他还说，历史会影响我们的未来，但是真正决定未来的，是我们的现实，是我们当前的立场、意志和选择，以及我们的行动。

面对伪史，面对民族主义与种族主义的沉渣泛起，罗新极有勇气地反思了历史学对历史的责任。

当年罗新的导师、著名历史学家田余庆先生希望学生做到《尚书·洪范》中的"有猷有为有守"，罗新在《有所不为的反叛者》的序言中自谦地写道，既要进取有为又要退而守节太难了，于是退而求其次，以"有所不为"要求自己。

所以，有所为有所不为，他就做一个学者。

论坛结束时，冠生大哥把我领到罗新跟前。罗老师说，想不到你还读那样的书……

我明白他所指的是他的书。

罗老师又说，你的书（《书人陆离》）李春龙也送我了。

我汗颜，心中庆幸：当年老冷，当下罗新，一位历史学家的美德始终延续，他依旧清醒，依旧尖锐，依旧热烈，依旧不羁。

# 跟着余世存在《老子传》中自我救赎

余世存真的喜欢老子吗？

真的喜欢。要不，也不会把《道德经》一字一句地用余氏方式翻译一遍，并加入情景，还原春秋时期的时代特征、社会环境、生存状况、礼义秩序、行为规范。透过这些原本被周景王铸在无射钟上的铭文，描画出一个他心目中的老子形象。

且不说五千余言的《道德经》，不管是上下篇也好，先有《德经》再有《道经》也好，或是老子在史官任上应周景王姬贵之请撰文也好，甚至是司马迁《史记》寥寥几十个字的记述——"居周久之，见周之衰，乃遂去。至关，关令尹喜曰：'子将隐矣，强为我著书。'于是老子乃著书上下篇，言道德之意，五千余言而去，莫知其所终"——也罢，总之，《道德经》确有其文，确为老子所撰，确为老聃语录，确为"万经之王"。可老子呢？又是何许人也？前世今生如何？一团迷雾，众说纷纭，至今未解。据说，当年陈丹青听闻余世存要写《老子传》也难掩诧异之意。

关于老子，有人说他活了80多岁，有人说他活了120

多岁，还有人说他活了200多岁。坊间几乎所有关于老子的材料都是零碎的，或者来自民间的传说，连司马迁也没有把他拿出来单独做传。

确实不好写，但余世存实在忍不住，2010年就奋勇开启了这一别人认为"疯了"的写作。后果可以想象，哪怕费尽心力写出《老子传》，到头来也只是一家之言。

而事实证明，余老师的《非常道》影响力最大，《二十四节气》发行量最大，他自己喜欢得不得了的《老子传》，这些年来似乎口碑一般，网上甚至还有差评。可余世存却像做了几十个亿的生意一样高兴，他给旧遇新知寄书，迫不及待地共享，原因很简单——因为，他"完成了自我救赎"。

一

看来，老子在余世存的精神生涯中，有着举足轻重的作用。

余世存读大学时手抄过《道德经》，熟记了这个经典文本，后来走向社会，"生活中处处看到《道德经》的影子"。身边有个同样喜欢老子的朋友，把《道德经》打乱，按照自己的理解编排章节，说这样才能真正理解老子……这对余世存触动很大。

某天看黑塞的《悉达多》，德国人写印度觉者那种独特的切入法一下子给了他写作的冲动——"能不能来梳理一下老子这个人，梳理一下《道德经》的经文？每个人对《道德经》的进入程度不一样，我能不能也找一个我的方式？"

老子的道，就像是一个源代码，给了余世存自己"编程"的方式——

从老子到函谷军营讲学开始，闪回穿插老子的人生历程：年少父母亡失，养父母省吃俭用供其认字，少时师从常枞，学礼、乐、射、御、书、数；与爱人玉姬生下儿子李宗后，玉姬反抗百里家投井身亡，李宗由族亲抚养，老子终生再不娶妻；老师常枞逝世后，老子效法天地自然，以水为师；后入周朝，为周景王的柱下史。时值周朝势微，各诸侯争夺霸主地位，战乱不断。老子目睹民间疾苦，提出了治国安民的一系列主张，包括《道》《德》。公元前524年，周景王去世，姬猛、王子朝兄弟交恶，单穆公勾结晋国发动政变，实现了大贵族对王室、旧臣和百工的野蛮残杀，老子退隐江湖……

书里第一人称、第三人称交替出现。第一人称是余世存化身的"老子"，第三人称是作者余世存。他一人扮两种角色，如情景剧，时时出现大段独白，时空自由切换。老子与老师常枞，老子与他所欣赏的孔子、苌弘，老子与弟子文子、蜎渊（又称环渊）、杨矩、庚桑楚、南荣，老子与周王室成员……他们之间的对话，自由展开。"处无为之事，行不言之教"，"为无为，则无不治"，"希言自然。故飘风不终朝，骤雨不终日。孰为此者？天地。天地尚不能久，而况于人乎"，老子的话，自由选用、裁切。传记涉语言、习俗、礼乐、历史变迁，论修身、治国、用兵、养生之道，几乎无所不包。

最后落笔返回函谷军营，讲完课的老子就此向世人道别："我说再见。我的话语就此纷纷凋谢。"

"道"，由余世存把老子的一生串成了一个完整历程。

何为"道"？余世存说，"按《道德经》老子的理解，应该就是指天，指时空。'道德'不是我们今天说的伦理意义上的表述，是天和地的表述。真正的道德来自天和地，就像我们古人传统文化中说'天地君亲师'一样。"

面对《道德经》这部经典文本，设问、反问、比喻、对偶、排比、铺陈，余世存信手拈来。它平仄相间，音韵和谐，旋律互动，有无相生，如行云流水。余世存每每写着，会情不自禁微笑起来。一种发自内心的恬静安详，一种物我两忘的超然世外，让他的精神世界澄澈又明亮起来。在某种意义上，《老子传》是老子的精神传记，也是余世存的精神传记。余世存通过找寻老子，找到了自我。

## 二

余世存理解中的老子精神又是什么呢？

有人将此书看了六七遍，甚至放在床头当枕边书。

这话当非溢美之词。我至少看了三四遍，有时为了某句话又重新翻阅。读的时候似乎不知不觉也微笑了起来——

"对于没有音乐的耳朵来说，最美的音乐也是毫无意义的。"

"言语只是我们在晦暗中照亮并辨别方位的工具，它是有用的。但一旦在黑暗中习惯了方向并熟悉周围，烛火也是多余的。"

"狂风不会飘刮一个早晨，暴雨不会下一个整天。是谁刮起狂风下起暴雨？是天地，天地生起的风雨尚不能持久，何况人呢？"

…………

这些都是余世存的解读。将深刻的道理转换成直白的语言，直指人心。这种能力，不是每个人都具备的。

关于老子、孔子两位圣人，传中着笔也不少，可见余世存内心的重视。孔子向老子请教，孔丘说，他忧虑的是大道不行，仁义不施，战乱不止，国乱不治，所以才有人生短暂，不能有功于世、有为于民的感叹。老子劝勉说，天地无人推而自行，日月无人燃而自明，星辰无人列而自序，禽兽无人造而自生，这都是自然的力量。人们之所以生，所以无，所以荣，所以辱，都是有自然之理、自然之道的。顺自然之理而趋，遵自然之道而行，国则自治，人则自正，又何必去强行灌输个别人的意志呢？

弟子问孔子对老子有什么印象时，孔丘承认没有读懂老子，"老子是无所求而全求，无所为而无不为。"

所以，"多言数穷，不如守中"非常有道理，而"功遂身退"更是人生的至高境界。

余世存以老子的口吻娓娓而谈，与其说是讲给读者听，不如说是讲给自己听。在一个污浊的时代，个人有何作为？"我经历了中年丧乱，在穷窘孤绝的状态里，我回到自己的文明源头，我写《老子传》，我知道只有能够面对自己的人才有解救之道。"

正是他的这个自救及救人之道，才使我在阅读中看到了"呼应、安慰和归宿"。

# 三

据说《道德经》外文译本有200多种，爱因斯坦的书房里就有德文版《道德经》。卡夫卡曾坦言："老子的格言是坚硬的核桃，我被它们陶醉了，但是它们的核心对我却依然紧锁着……"

不要说老外，就是我们中国人，时代不同，文本不同，阅读的感受也不同。每个人心目中都有自己的老子，就像余世存的老子，肯定不是你理解的老子。不过，看别人的老子，与自己的认知相比，也是一种"找不同"之美。

如《老子传》开头，"面对关尹和他的几个下人，老子坐在那里，心里一阵苍茫"。此处的"关尹"，是关令尹喜。余世存继续写，"我就这样见到了关令，过去的熟人尹喜。尹喜年轻时也是好学之士。"

尹喜似乎已是一个人约定俗成的称谓，但洛阳汉魏故城文物管理所名誉所长徐金星经过考证，又有不同说法。他在《老聃·关尹·环渊》中写道："关尹即环渊，关、环，尹、渊均一声之转。只因环渊或写为关尹，汉人望文生训说为'关令尹'。又因《上下篇》本为环渊即关尹所著录，故又诡造出老子过关为关令尹著书的传说。到了《汉书·艺文志》更说出了关尹名喜的话来，那又是误解了《史记》的'关令尹喜曰'一句话弄出来的玄虚。其实《史记》的'喜'字是动词，是说'关令尹'欢喜，并非关尹名喜也。故环渊著《上下篇》是史实，而老子为关尹著《上下篇》之说是讹传。"

从关尹到关令尹再到关令尹喜，于是乎，一路传了下来。那么究竟是什么样的呢？

再有，《道德经》创作源起究竟如何？

流传的版本是：老子职于周景王时，在宫廷恶斗当中，弃官而随周大夫尹喜出走楼观。周敬王时，老子曾适楚、离周，辗转八百里秦川的楼观，精雕细琢成就《道德经》。《史记》始称"老子著书上下篇，言道德之意。"扬雄《汉志·蜀王本纪》于是沿用，说"老子为关尹喜著《道德经》。"后来郭沫若也认为，和《论语》是孔子及其弟子再传弟子的语录一样，集成这部语录的是楚国人环渊。他没有像孔门弟子那样忠实记录，而是用自己的文笔润色了先师的遗说，故带着他自己的时代色彩。

徐金星则说，老子为关尹著《上下篇》之说是讹传。

那么，余世存的看法呢？在书中，余世存以自己的理解还原了当时的场景："周王希望我把先王的德义治道写成文章，他要铸钟鼎，将文字刻上去，让天下人知道大周的王道。""我因此写下了《德经》，尽管苦于思密字少，文字实在不能表达我的意思，但我的任务完成得还算不错。意犹未尽之余，我又加写了《道经》。"

按周礼，示民轨仪的律法和经书，会铸到大钟上，"我不知道姬贵是怎么考虑的，但他要把我的文字铸到无射钟上，我还是有些感激的。……周王能将其铸钟，仍有不可磨灭的意义。《道》和《德》一经问世，就有它自己的命运。就会去寻找有缘人"。

阅读的乐趣或许就在文本互读中不断有所发现。

还有更好玩的，比如断句，不同的断法就有不同的语义，像猜谜一样。

《道德经》中，"人法地，地法天，天法道，道法自然"，唐代李约在《道德真经新注》中注曰："道大，天大，地大，王亦大，是谓域中四大"。王者"法地、法天、法道之三自然妙理，而理天下也。天下得之而安，故谓之德。凡言人属者耳"，"其义云：法地地，如地之无私载。法天天，如天之无私覆。法道道，如道之无私生成而已。如君君、臣臣、父父、子子之例也。后之学者不得圣人之旨，谬妄相传"，"皆云人法地，地法天，天法道，道法自然"。

或许这是距今二千多年的老子故意设下的局，让后人前赴后继地破解，找寻生命的真谛。

余世存意不在对版本有新的考据或发现，他采用的是世上所流传的通行本，对一些校订也做了参考。

## 四

对《老子传》这本体裁无法分类，不知道是传记还是小说，或是长篇散文的作品，时隔八年后余世存意犹未尽，重新修订。

"我的心性大大超越了当时写作时的自己，比如仅仅过去两年，我对老子、孔子的认知就有了变化……孔子属于春天之学，老子属于夏天冬天之学。"

想当年，做过中学老师，开过公司，办过杂志，当过机关公务员，余世存终究还是辞去公职，开始写作，做起了一个自由人。2005年，《非常道》出版。它将1840年至1999年间晚清权臣、辛亥豪雄、当代文化精英的非常话语，以类似《世说新语》的体裁，梳理成了一部变迁的言论史，注脚了"三千年未有之大变局"，像是备足了火力，以言论为子弹，拿文章做枪壳，向不合理的社会现实猛烈开火。也正因此，余世存这个名字走进了大众尤其是知识界的视野，仿佛建立了一个民间的价值评判系统，开启了从细节处从人性的角度重新审视近代中国的风潮，他甚至被称为"当代中国最富有思想冲击力、最具有历史使命感和知识分子气质的思想者之一"。

《常言道》《非常道Ⅱ》，以及《盗火与革命》《安身与立命》《世道与人心》等"立人三部曲"，都可以看作那个时期之后延续的思想作品。而后又扩展到《一个人的世界史》，记录了上至总统国王下至平民百姓的功德言行，重新建构和完善一个人的生命价值体系。继而余世存又聚焦一批被严重忽视的先秦思想家，写出《先知中国》。

然思索之余，"精神上的寂寞孤独也是相当恐怖的。由于际遇，由于性情，如今的我已经把个人锻造得异常尖利，不能和光同尘。这是无可如何的事。但也因此我'徘徊于明暗之间'，不属于光明，也不属于黑暗。我不属于体制，也未必与反体制的体制同路。"他没有黑白颠倒，没有把黑夜当成白天过，也没有在白天的寂寥中，感受夜的黑。在时势环境下精神发育中进退维谷时，老子出现了。

从老子开始，他又感受了孔子、墨子、孟子、庄子、韩非子，这让余世存进入了一个精神自救的体系，从国学的博大精深中，一点点悟出自己的道。

在他看来，孔子的光辉并不在于他说了多少深刻的道理，而是他的常识感和常心常行。孟子的人生快乐跟物质无关，而跟人心人性相关。韩非子直面时势，因应时势。墨子树立了现代人充分社会化充分个体化的人生标准。庄子则达到一种不能解决问题就取消问题的精神境界……而他的老子，更是一个至情至性的人类之子。这些心得收进了他的《微观国学》里，成了新的人生指南。

很多人因此为余世存可惜，认为他变了，退缩了，少了锐气，甚至对他近年研究《周易》，写《大时间》《时间之书》，着迷于人与自然的关系深感不解，认为他从鲁迅式的激越变成胡适式的温和。

这些余音杂响，余世存听之，不置一词，相反，他确信问题的重要性——当下很多人愿意活在春天的幻觉里，不解道义和真正的智慧。随着网络技术和生物技术的发展，老子对人之本体的研思也再次成为文明的一个话题。

为此，他重新提笔着墨，为新版《老子传》增补了三万字。"正因为人们无知，所以不了解我。"这是他借老子之口说出的话，当然也是余世存想说的话。他想说的还有，在"后人类"来临前，建构一个比较牢靠的关于人的生存坐标，比让人在不确定的时空中游戏或消费一生更为重要。

# 写梁启超，对许知远而言是一种自救和他救

十年前，33岁的许知远以访问学者的身份到剑桥访学。接下来的二三年时间，他的足迹遍布二三十个国家。此时的他可以说是意气风发，北大微电子专业的学历，各种杂志主笔的分量，愤世嫉俗的悲情论调，在热火朝天的微博时代的确掀起了一股许知远热。

所幸，冉冉升起的许知远没有太过沾沾自喜，他还算头脑清醒，知道北京的地域太窄，中国的视野有限，必须走出去，在打开的世界版图中寻找自己的出路。

"如果每个人都找不到自己的道路，甚至放弃了去寻找的努力，那么这个社会最终就会充斥着陈词滥调；人们在其中长久地生活，逐步失去了判断力与感受力，最终产生更多的陈词滥调。"（2009年12月《时代的稻草人》）一路走来，他紧锁的眉头似乎预示着，更多的陈词滥调将在后边的日子里愈演愈烈，无法驱散。

他终究不能依靠阿诺德、奥登、奥威尔、李普曼来面对现实，尽管这些人对他成长的影响深入骨髓。不管是他的演讲，或是他的文章，细心的读者都会在其中发现这些

先哲的真知灼见。

许知远确实需要耐心，他也有这个耐心，试图在现象之间寻找内在的脉络并建立起联系，然后发现一盏灯，照亮前行的路。

写文章，出书，参加各种活动，演讲，表达自己的观点。作家，单向空间创始人，《东方历史评论》主编，谈话节目《十三邀》主持人……许知远像一只停不下来的萤火虫，周围愈暗它愈亮，奋力地飞。他努力想成为这个世界的一部分。

突破口终于来了，出现在他37岁时。那是2013年深秋，在完成了《那些忧伤的年轻人》《祖国的陌生人》《一个游荡者的世界》《时代的稻草人》这些书写后，他"厌倦了新闻业的碎片与短暂，想寻求一种更辽阔与深沉的表达"（《青年变革者》自序）。一个人让他停下了脚步，开始转向，进入一个向后看又借此可以冷静反观自己的领域。

这个人，地球人都知道，是梁启超。

六年之后，许知远携新书来到深圳，这是他全国巡回讲书的第三站。夏日骄阳，热浪滚滚。他依旧赤脚蹬着他的黑皮拖鞋，紧绷的黑衬衣，随性率性任性野性又智性理性……总之，水泄不通的诚品生活空间里，二三百号粉丝见之前呼后拥惊叫不已。那一刻，相信任何沉稳的人，都有把持不住的瞬间。台上的许知远一连干掉两罐冰啤，是深圳天气太热情了么？

只能说，梁启超像一剂强心针，给许知远带来了新的能量和养分，也带来了新的运气。

我后来想了想，为何是梁启超呢？

梁启超1873年出生在晚清中国广东新会。当时的中国正处在危亡与变革的关键时刻，政局变幻，文明冲突。他幼时随师学文，九岁能缀千言，17岁中举。后师从康有为，接受新思想。与黄遵宪一起创办《时务报》，任长沙时务学堂的主讲。追随康有为发动"公车上书"运动。戊戌变法失败后，与康有为一道流亡日本。在晚清民国时期，梁启超是个思想者，是科学、思想、政治、教育、经济、法学、佛学多个领域的开拓者，又是一个书写者。

100年后，1976年生人的许知远也面临一个技术革命与知识爆炸的时代，他厌恶新资本主义时代一切流行的情绪，对一切单一的观念、取向、表达及判断都持警惕审慎态度，在多元又混乱的文化困境中迫切寻求思想的突围。

如果说梁启超和许知远之间有什么关联的话，我们可以从许知远的书中找出几点：

许知远是梁启超的读者，并生活在后者所缔造的传统中。"梁启超的政治和思想遗产仍强有力地影响我们生活，他对现代中国的建构和想象还占据着公共讨论的中心。"

许知远就读的北京大学前身是京师大学堂，大学章程的起草人是梁启超。

许知远进入新闻业，尤其担任《经济观察报》主笔、《东方历史评论》主编后，梁启超的身影于他而言更是无处不在。梁启超"自1896年出任《时务报》主笔以来，他在33年时间里，不间断地写下至少1400万字，涉及时事评论、战斗檄文……"，"他可能是中国最伟大的新闻记者，用笔和报刊参与了如此多的变革"。

许知远的文字自我意识很强，带着忧思并胸怀天下，以强烈的当代感介入历史写作。梁启超的文章纵横捭阖，笔力激荡，有浓烈的感情色彩。他所作的《少年中国说》而后成励志口号，激励无数后来者。许知远恨不得开发一款单向街儿童卡通版梁启超像，其形象是梁启超手比 V 字口喊"少年强则中国强"。

许知远是一个不断拥抱新事物与时俱进的人，尽管一方面抵抗商业物欲，但又深入其中不离不弃。他与《奇葩说》马东、《吐槽大会》李诞、《罗辑思维》罗振宇都有互动，善于制造舆论热点，将媒体传播和知识领域紧密结合。梁启超是上一波全球化浪潮的拥抱者，他在轮船、火车、电报、印刷术构成的现代网络中游刃有余，足迹遍及日本以及大洋洲、北美洲和欧洲各国，是一个不断根据新生事物做出新判断并采取新行动的历久弥新的变革者。

把两个人这么放在一起来比较，看上去真有些"硬扯"。有人会说这太"抬举"许知远了，两者压根没有可比性。且不论对等与否，许知远曾说过："梁启超那一代人应对变革时的勇敢与迷惘，激起了我强烈的共鸣。"

许知远还表达了他的不平。因为历史书写中梁启超至关重要却面目模糊，他的性格、他的挫败、他内心的挣扎很少得到充分展现和分析。

另外，在世界舞台上，梁启超是被大大低估的人物。"他理应进入塞缪尔·约翰逊、伏尔泰、福泽谕吉与爱默生的行列，他们身处一个新旧思想与知识交替的时代，成为百科全书式的存在，唤醒了某种沉睡的精神"，但梁启超常被置于中国自身语境中叙述，很少被放到世界维度中。

基于此，许知远问自己，为何不写一部梁启超的传记，来复活时代的细节与情绪，展现几代人的焦灼与渴望、勇气与怯懦，借此追溯近代中国的转型？

比如当时梁启超等一群广东年轻人，上京赶考，辛苦至极，却没考上，群情激愤，怨声载道。许知远觉得，历史中的人物不管他现在看起来多么杰出，多么伟大，也跟我们一样，年轻时有过莽撞，有面对困境时的挣扎，也对未来充满迷惘。"我写自己内心很多困惑，也希望读者能读到他们内心的那些困惑，这可能是一个初衷。"

所以，有了三卷本规模、无比挑战耐力的这一马拉松式的写作计划。躲进小楼成一统的五年后，许知远拿出了这部《青年变革者：梁启超（1873—1898）》。它述及梁启超求学、进京赶考、师从康有为、集结同道、上书清帝、办《时务报》，及至戊戌政变前夜，即1873年至1898年25年间梁启超的早年岁月。这是"梁启超三部曲"中的第一部，一项无比艰巨的历史补白、知识填充、思想熔锻和叙事的训练。

动笔前，许知远来到广东新会梁启超的故乡。他徜徉于茶坑村街头，吃着陈皮制作的各种菜肴，一筹莫展。在日影斑驳的街头，他茫然看着眼前走过的姑娘，红裙子绿裙子，消失于街景中。如果他出生在这个县城里，好不容易上了省城的大学，然后被分配回县里的广播电视台，生活会是什么样子？是不是娶了那个绿裙子女孩，心中又惦记着那个红裙子女孩？……人生大抵就是如此。

这是一幅再普通不过的日常图景，而这样的生活拼图随处可见，像阳光雨露，花开花落，生老病死，灰飞烟灭。它似乎与梁启超有关，又似乎无关。想写梁启超传的许知远，当然不愿人生如此。他有丰富又有趣的灵魂，怎能让生活羁绊而失去自由？

围绕着梁启超，许知远进入一个浩如烟海的历史文库中。从梁启超的文，到梁启超周边的人，梁启超成长的家乡、生活过的地方、走过的足迹、逃亡的路线，以及他的思想脉络、学术成就、政治贡献……许知远以巨大的勇气爬梳所能触及的史料。后来人们很愿意拿他开玩笑的话来取笑他："倘若剽窃一本书，人们谴责你为文抄公；然而倘若你剽窃十本书，人们会认为你是学者；倘若你剽窃三十本书，则是为杰出的学者。"《青年变革者》中"引用的书籍远超过三十本"。这是许知远引用阿莫司·奥兹的话，写进《青年变革者》的"致谢"中。他之所以这么自嘲，是为了"炫耀"他案头的功课做得很足。

30本，当然远远不止。书中每个章节后列的引用文献密密麻麻，一页又一页，以至于我怀疑许知远眼镜的度数又得调整，不管是近视还是老花。当然，不止30本的引用，也还远远不够，因为还有的没被发现或存在空白。

在许知远看来，所有的时代都是由很多细节组成的，既存在很多空间，也有很多个人的努力。他要做的是尝试一些新的可能性，即对当下相对单一的生活方式（比如阅读、思想、价值判断），或是陈词滥调充溢其中的生活常态，尽己所能多提供一种选择。所以，"需要重估梁启超，在重估之中激活自身的世界，这可能是历史遗留给我们的价值所在"。

有人斥责许知远"装"或"端"，很难说我没有同感。不过作为人气流量，在他的"装"或"端"里，确实有一些称得上硬核心的资本，比如在他滔滔不绝的话语中，在他时不时微皱的眉宇间，偶尔闪现的一种东西。这种东西在他多年来的文章里、书里、节目里、媒体访谈里，不曾消退或改变过。或许可以"陈词滥调"地称之为历史的使命感。也或许因了这一种说是"装"或"端"的真诚的坚持，不管坊间怎么褒贬不一，很多人由路转粉。

借梁启超，许知远很有野心地想写就一部近代中国的百科全书。很多人给予他鼓励，葛兆光教授就肯定他"尝试着以梁启超式'笔端常带感情'的写法，写出梁启超和他的时代"。马勇老师认为他把书还原成人的故事，是许知远全景式表达的一种体现。

我问大侠怎么看，他主持许知远的新书发布并认真读了这本书。他很诚实地说："它不是文献式传记，而是纯正的非虚构历史写作。"

我不敢说书引人入胜，毕竟每个人的阅读经验都不相同。但我敢说，书里边有强烈的许知远个人的理解，像百年间新老两颗灵魂的碰撞融合。我读完也姑妄思之：梁启超与写梁启超本身，对许知远或许是一种救赎。他为继续出发，找寻一种强有力的心灵支撑和思想依附。自救与他救，或许更是他写书的初衷与意义。

后边还有两卷甚至多卷，后十年里许知远在梁启超和《十三邀》之间会更加奔忙。

（本文写于2019年。2023年许知远的梁启超传第2卷《梁启超：亡命（1898—1903）》出版）

# 谢泳索隐钱锺书

"角色当然是虚构的，但是有考据癖的人也当然不肯错过索隐的机会，放弃附会的权利的。"这句话是钱锺书先生说的，特地放在《围城》序言中，似乎想先声夺人警告一下后来者。

但钱锺书再料事如神，语调再讥讽，也阻止不了《围城》刊登及出版半个多世纪以来的各种考据、索隐和附会。

因了考据、索隐及附会，钱迷钱粉钱派钱锺书小组各种主动认亲的"亲友团"纷纷登场，发展壮大，势不可挡。由此所衍生出的文章或图书洋洋洒洒多如牛毛，大多为一家之言或一己之见，不足观，也不足怪。

前不久，这个队伍里多了一本《钱锺书交游考》，却让人不得不正视之，因为作者是谢泳。

在学界，谢泳虽非专业学者，但他多年来对原始材料的选择和重视，使他对中国现代知识分子的分析、研判具有一定的思想性和学术性，比如他对储安平、罗隆基、胡风、傅斯年、林希翎，以及西南联大知识分子群的研究，都在学界引起很大的反响。

谢泳对钱锺书的资料收集，多年来一直在进行中。他在厦门大学文学院带硕士研究生时曾开过一门选修课"钱锺书与《围城》"。

这次谢泳从一个"钱学"爱好者的角度，将自己多年来对钱锺书的生平史料及学术趣味的研究，结集成了《钱锺书交游考》。书中也着重于钱锺书作品中为人所津津乐道的索隐线索，收了《〈围城〉的五个索隐问题》《〈围城〉涉及的人和事》等文章，同时对索隐这一学术研究方法提出了自己与钱锺书截然不同的看法。

诚如谢泳所说，索隐的目的如果是为了深入研究文学作品，为了尽可能从比较丰富的侧面来解释文学作品，就应当是一种比较有益的方法。

有的人索隐，可能流于花边八卦猎奇；有的人索隐，却是史料的挖掘、发现及探讨。无疑，谢泳属于后者。

我们可以通过几个例子来看看谢泳的索隐及考据法——

在《钱锺书交游考》开篇，谢泳便以毕树棠的《螺君日记》佐证索隐的重要性。在他看来，《螺君日记》可与浦江清日记、季羡林日记对读，从中可窥见当年清华乃至北平文坛的许多趣事，对澄清文学史中的疑点有一定的帮助。

基于这个立足点，在全书中，谢泳以考据和索隐为基本方法，披露了众多钱锺书的观点、言论，并加以延展、分析，进一步丰富了史料线索，又钩沉出更多不为人知的史实。

# 一、钱锺书真的看不起陈寅恪吗？

坊间有一种说法，认为钱锺书对陈寅恪评价不高。

谢泳写道，主要出处在于1978年钱锺书在意大利的一次会议上批评过陈寅恪，当时他所演讲的题目是"古典文学研究在现代中国"。钱锺书说，解放前有位大学者在讨论白居易的《长恨歌》时，花费博学与细心来解答"杨贵妃入宫时是否处女"，这是一个比"济慈喝什么稀饭""普希金抽不抽烟"等更无谓的话题。今天很难设想会被认为是严肃的文学研究。

钱锺书没有点陈寅恪的名字，但众所周知，陈寅恪在《元白诗笺证稿》中详细讨论过这个问题。学界也早已提出，"杨贵妃入宫时是否处女"并不是陈寅恪首次提出的问题，而早在清代朱彝尊、杭世骏、章学诚就讨论过。这个问题之所以提出，关系到杨玉环是否先嫁过李隆基的儿子李瑁，李隆基又是通过什么手段得到她的，从而涉及李唐王室的血统、习俗，以及唐代社会习俗中的华夷之辨的问题。也就是《朱子语类》中所言，"唐源流出于夷狄，故闺门失礼之事不以为异"。

陈寅恪研究杨贵妃是否为处女问题，属于历史考证，不能被孤立出来，而应放到历史流变中看整个中国社会的发展。傅斯年从陈寅恪的这一发现中看出此为牵一发而动全身的事件，认为其反映了时代的结构性剧变，终能以诸科考试代替九品中正制度，与隋唐帝出身杂胡不无关系。此后科举制影响中国千余年，诚为中国社会阶级之大转变。

余英时也曾撰文肯定陈寅恪对杨贵妃考证方法的意义。他在接受香港浸会大学教授陈致访谈时说，陈寅恪的学术具有文化承担力，即达到欧阳修所说的"贬斥势利，崇尚气节"的一种境界。

那么，钱锺书是否孤立地看待陈寅恪的历史研究呢？

与钱锺书一家交往甚深的汪荣祖在中华书局2020年出版的《槐聚心史——钱锺书的自我及其微世界》中对此有多处涉及，这应该是较权威又准确的一种表达。

1981年汪荣祖到钱寓，呈上作品《史家陈寅恪传》。钱锺书说："陈先生学问之博实，无可置疑，然思想上是否通卓，方法上与记诵上是否有缺失，文笔是否洁雅，自有公论，不容曲笔。陈先生通外国语至多，而于外国文史哲巨著，似未能通解，如在《柳如是别传》中说，牧斋以柳为'柏拉图理想'，即因未尽解柏氏之书故。《别传》颇有可商榷处，戏称传主乃'柳岂如是'，而非柳如是也。"（"弁言"第9页）同年10月，汪荣祖带着妻儿从上海到北京，登门拜访。谈及蒋秉南的《陈寅恪先生编年事辑》（后称《事辑》），他说："钱先生惋惜陈先生晚年双目失明，竟穷如此精力为柳如是立传，刻意求全，觉得不值。"（"弁言"第11页）时隔五年，1986年汪荣祖再次到北京，与钱锺书相聚。他在文章中写道："钱先生说，陈先生晚年无人可谈，故颂柳如是之才学，若有所弥补，斯乃其痛苦症结之所在。蒋天枢亦知之甚稔，因其忠于乃师，不愿道也。"（"弁言"第13页）1988年汪荣祖到广州参加陈寅恪学术研讨会，后到北京，在钱府又谈及陈寅恪。钱锺书说："陈先生不喜共产党，瞧不起国民党，既有遗少味，又不喜清政府，乃其矛盾痛苦之所在。"钱锺书于1998年去世。2003年汪荣祖赴天津开会，会后到北京，拜访杨绛先生。言谈中，"杨先生特别提到，锺书晚年很欣赏陈寅恪的诗，曾说早知陈先生如此会作诗，在清华读书时，一定会选陈先生的课，成为恩师，但也不必讳言，他们在释诗上有不同看法。"（"弁言"第23页）

汪荣祖在书中写道，蒋编《事辑》曾经钱先生修订，陈寅恪诗集中许多错、缺字也由钱锺书补订。他的感觉是，钱先生尊陈先生其人，爱其诗，而于其学术思想与研究方法则二人有如冰炭。

汪荣祖的说法与其他人的文章引用杨绛的说法基本相同。

也就是说，陈钱二人的关系并非外界所揣测的那样，"评价不高"更是无稽之谈。钱锺书小陈寅恪20岁，钱锺书的专业是文学，陈寅恪的专业是历史。在大学时陈寅恪属老师辈，钱锺书执学生礼。钱锺书没有选过陈寅恪的课，他们俩没有师徒关系。

谢泳在文章中指出，钱锺书批评陈寅恪，涉及中国文学批评和历史研究中的重要方法，即以诗证史，诗史互证。在交叉领域两人产生学术上的不同意见是很正常的一种现象。

且抛开治学上的方法差异，依据谢泳的索隐考证，我们回到中国现代知识分子这个群体中看，陈寅恪、钱锺书都是极有思想个性的学人，少与时代附和，较纯粹地保持了作为独立知识分子的人格特质。他们俩都是被后人高度评价的同一类人。

## 二、钱锺书批评冯友兰致使宗璞的小说影射自己？

钱锺书当年从法国回来能到西南联大教书，是西南联大文学院院长冯友兰的功劳。但钱锺书只待了半年便离开。对外的说法是钱基博在湖南蓝田国立师范学院任教，希望儿子回到身边照顾自己。然而，坊间的说法是，骄傲的钱锺书把西南联大的人骂遍了，实在待不下去了。谢泳说，钱锺书离开西南联大，确有人事方面的原因。

西南联大这段不愉快的经历，对钱锺书后来创作小说《围城》是有影响的。在《围城》中西南联大的一些人、事，可以隐约窥见，也可以看到作家通过小说人物表现出自己的评判。

1979年，钱锺书到美国访问，在一次座谈中有人问起冯友兰，钱锺书毫不客气地进行了批评。他说冯友兰简直没有文人的骨气，没有一点知识分子的节操观念，不该出卖朋友。这个细节后来被当时在座的台湾作家庄因口述并写进了文章里。文章1985年被影印收入台湾天一出版社出版的《钱锺书传记资料》第一辑中。

有意思的是，冯友兰的女儿宗璞后来在小说《野葫芦引》（四卷本，其中尤以《东藏记》分量为重，《西征记》《北归记》着笔稍弱）中写到一对年轻的教授夫妇，他们"以刻薄人取乐。他们这样做时，只觉得自己异常聪明，凌驾于凡人之上，不免飘飘然，而毫不考虑对别人的伤害。若对方没有得到信息，还要设法传递过去，射猎必须打中活物才算痛快，只是闭门说说会令趣味大减"。

作为读者，我们很容易联想到钱锺书杨绛夫妇。谢泳也认为，宗璞和钱家矛盾的起源即钱锺书对冯友兰的评价。他在文章中写道，这也可以看成是钱锺书小说创作的一个经验。"研究钱锺书的小说，使用一些索隐的方法并不是完全没有道理，很有可能这是理解钱锺书小说的一个基本视角。"

基于这个视角，谢泳索隐并考据出《围城》中人物的原型，如褚慎明是许思园，唐晓芙是赵萝蕤，曹元朗是叶公超……

不管正确答案是什么，有迹可循总能令人有好奇的兴趣。

## 三、钱锺书对徐志摩等新诗人及其新诗态度疏离?

徐志摩去世的时候，钱锺书还在清华读书，徐志摩大概不知道钱锺书，但钱锺书肯定是知道徐志摩的。

谢泳写道，虽然我们一时见不到直接材料，但可以从其父亲钱基博《现代中国文学史》对中国新文学的评价中推测出来，钱氏父子的文学观，相同处多于相异处。

1932年钱基博著《现代中国文学史》时，曾多次提及徐志摩，凡涉及对徐志摩的评价，基本与《围城》里的判断在一个层面上，也就是肯定中的否定。钱基博对中国新文学的评价不是很高，一次在引述了章士钊对新文学的评价后叙述道："纵有徐志摩之富于玄想，郭沫若之回肠荡气，谢冰心之亲切动人，王统照之尽情欢笑"，"中国新诗，至今未上轨道"。

1932年，就在《现代中国文学史》出版前后，钱基博给钱锺书的信中曾有"我望汝为诸葛公、陶渊明；不喜汝为胡适之、徐志摩"的告诫，后来钱锺书无论是写《人·兽·鬼》还是《围城》，主要讽刺对象基本是"新月派"和"京派"文人群体。

可以肯定的是，父亲的告诫事实上影响了钱锺书的一生。

另外，钱家父子的一脉相承，还有一个地方可以印证。比如，钱基博著书的习惯是多引别人的见解作为自己的断识。钱锺书写《围城》也有一个习惯，就是喜欢把自己的文艺见解和对人物的评价，借小说人物之口说出来。

谢泳为此提醒读者，注意钱、徐的关系，可以帮助我们理解钱锺书对新诗的判断，这个判断大体可以理解为钱锺书对新诗的评价不高。

而钱锺书对徐志摩等新派文人的疏离，在谢泳看来，可能与他对当时中国自由主义思潮的评价有关。钱锺书对中国自由主义知识分子的生活和思想始终保持一种警惕。如果注意这个视角，对于深入研究钱锺书会有所帮助。

诸如此类的索隐考据法，书中俯拾皆是。令人注目的，还有钱锺书与1952年清华间谍案的一段往事。这则钩沉分量最重，谢泳以《钱锺书的一段经历》为题低调处理，里边所收入间谍李克的信件则属首次公布，弥足珍贵。

索隐考据的研究方法，古已有之。明"江右大儒"罗钦顺有《困知记》提出考证经书，王阳明《大学古本序》

中也以考证辩争经典的真假。到清代考据学迅猛发展，从戴震、王引之，到章学诚"六经皆史"，再到梁启超"无证不信"，都肯定并沿袭这一治学方法。单一部《红楼梦》，已让几代人索隐考据得不亦乐乎，胡适、张爱玲都置身其中。所谓"曹雪芹小像"之谜，也索隐至今，争论不休，尘埃未定。

国内研究钱锺书较用力且出成果的，有李洪岩、范旭仑等学者。谢泳考据钱锺书，当缘于个人的喜好。2018年12月是钱锺书逝世20周年，2019年1月《钱锺书交游考》出版。因了谢泳的考据和索隐，此书无疑成为一部具有较高史料价值的"钱学"著作。只不过，钱锺书先生在天有灵，估计也会像批评陈寅恪一样，视之与"济慈喝什么稀饭""普希金抽不抽烟"一样是无谓的话题。谢泳也清楚得很，只是，对像他这样的研究者来说，"调笑归调笑，该做的学术工作还得做"。

# 后 记

书人有七。

依书名，便有了与书人相关的区分和集结。类与类之间，人与人之间，文与文之间，排列之后发现，它们竟有一条主线在串连——辨识真伪。

坦白讲，"书人系列"写到现在，前后有九年时间。这中间，我的阅读趣向和关注度，一再发生变化，但内心的基本价值判断没有动摇。简言之，可以说是对真实的追寻，对真相的探明。正因此，我非常认同一位老师的观点："学术发展到今天，我们手中已不缺乏结论。相反的是，我们的思考却为各种各样相互抵牾的结论所累。其中一个大的原因，即为各自所握的史实皆不可考。因此，……最重要的工作为史实重建。"

阅读、记录、思考、认知、拨清迷雾……不就是为了厘清纷争、去伪存菁？

所以，我越发意识到真实的重要性。说话要真实，写文章要真实，表达想法也要真实。

从《书人陆离》到《书人有七》的三年多时间里，我的阅读和书写基本围绕着这个立足点展开。

前几年，林贤治老师希望我看问题写文章更加着眼于事物的根部。我知道他瞧不惯"温良的书桌"，那样日复一日人会不自觉地变得迟钝；也认同他关于"精神思想第一，文学第二"的创作动机，唯有精神的存在，才决定了文学的形态、结构和品质。2018年《巴金：浮沉一百年》出版，我从林老师笔下的巴金看到百年忧患中中国一代知识分子的精神变迁，于是写了《林贤治看"真实的巴金"和"巴金的真实"》，试图表明讲真话的勇气。不知我的理解是否算是一种不在场的介入？

2019年宗璞先生出版了《野葫芦引》四卷本的最后一本《北归记》，我从这部创作时间达33年的作品中，跟随小说人物尤甲仁、姚秋尔的发展变化，判断出宗璞先生在精神缠绕20多年后终与自己内心达成了和解。这种文学上一己之见的介入，是否算辨识真伪？

在事件面前，当事人怎么说，是一种权利，也是一种历史存照。他的表达真实可靠，最能反映他内心的想法。那么晚年舒芜怎么说，晚年费孝通如何为自己的情爱画像，晚年胡适在哪些事件上表达了自己的观点，而晚年季美林出现了哪些记忆偏差……这些记录，当算一种时代的介入，而集中放在一起，便有了互相参照比对的意思。

在这些年的"书人系列"写作中，我始终坚持一条准则——亲历亲见亲闻。此卷也不例外。这里边有我到湖北咸宁五七干校寻访沈从文的踪迹，有跟随李辉老师到甘肃张掖河西学院探访贾植芳研究中心，有到英国剑桥拜访艾伦·麦克法兰以及回深圳参加艾伦·麦克法兰新书发布，有近距离聆听夏晓虹老师讲梁启超胡适论学……这些实打实的介入，把各处散落的点连接起来，或许就构成了一幅趋于真实的学术图景。

在历史的蛛丝马迹中有所发现，是我努力的方向。所以，当《人间的命运——致巴金》一书作为虚构小说出版时，书界并没有太多人在意。但我在《胡适全集》中看到邵可侣这个名字，颇有兴趣地挖出了一段真实的历史。景凯旋老师对弗兰兹·卡夫卡、瓦茨拉夫·哈维尔、伊凡·克里玛和米兰·昆德拉等多位捷克思想型作家有深入研究，我将之"组合成"一个"捷克文学俱乐部"，呈现他们追求自由及真理的智识和勇气。这些"发现"当属另一种历史的介入，它或许能让更多的真相不被埋没不被消解。

多年来，与师友相识相交，他们的努力成了我学习的榜样。余世存老师是其中不可绕过的一位。他是多产作家，每年都会推出新作，有新思想新火花。其中《老子传》也以其"余氏理解"文明地说服了我，所以，有了"跟着余世存在《老子传》中自我救赎"的感悟。同样是人气流量的许知远，埋头写起梁启超，很多人对此举不置可否，我却看到许生前行的努力。罗新老师是天涯论坛时期的网友，他的历史观总是让我耳目一新。王人博老师的《业余者说》，让我感受到一种人文精神与批判精神相结合的另类之美。

所有的阅读和理解，都是一种个人方式的介入，它或许带有一丝丝现实关怀和可以捕捉的道德激情。我希望因了我的种种介入，问题、事件、人物有了另一种"被发现"，有了另一种更接近的"真实"。

最后，要感谢扬之水老师，是她建议我为新书起名"书人有七"，也是她为我题写了如此厚重又挺秀的书名"书人有七"。正因此，交稿前我一再地检视这些文章，发自内心地希望这些介入，能担得起扬之水老师及其先生李志仁老师（我称之为"我们的家长"）多年来对我的爱惜和鼓励。这里还要感谢张冠生老师为《书人有七》认真作序，他是看着我成长的兄长。感谢出书的三联书店，他们接下了这批文章，让我顺利抵达了"书人系列"的第七个驿站。

姚峥华

2023 年于深圳